樂 府

心里滿了，就从口中溢出

杨本芬 著

目录

自序　　厨房里的写作　　I

第一章　　洛阳 南京　　1

第二章　　山起色　　25

第三章　　花屋里　　43

第四章　　黄泥冲　　73

第五章　　赐福山　　131

第六章　　跑　　193

第七章　　归　　235

代后记　　解命运的谜　　259

自序　　厨房里的写作

厨房大概四平米，水池、灶台和冰箱占据了大部分空间，再也放不下一张桌子。我坐在一张矮凳上，以另一张略高的凳子为桌，在一叠方格稿纸上开始动笔写我们一家人的故事。

那年，我的母亲——也就是书中的秋园，她的真名是梁秋芳——去世了。我被巨大的悲伤冲击，身心几乎难以复原。我意识到：如果没人记下一些事情，妈妈在这个世界上的痕迹将迅速被抹去。在不算遥远的那一天，我自己在这世界上的痕迹也将被抹去，就像一层薄薄的灰尘被岁月吹散。我真的来过这个世界吗？经历过的那些艰辛困苦什么都不算吗？

那一年,我六十来岁,人生似乎已不再需要目标与方向,只需顺天应命。但我开始干一件从未干过的事情:写作。

我一生都渴望读书学习,这个心愿始终没能很好地实现。这一生我都在为生存挣扎、奋斗,做过许多活计:种田、切草药、当工人、做汽车零配件生意……从未与文学有过交集。迄今我也并未摆脱生活的重负:老伴年事已高,有糖尿病和轻微的老年失忆症状,我必须像个护士一样伺候他。

然而,自从写作的念头浮现,就再也没法按压下去。洗净的青菜晾在篮子里,灶头炖着肉,在等汤滚沸的间隙,在抽油烟机的轰鸣声中,我随时坐下来,让手中的笔在稿纸上快速移动。在写完这本书之前,我总觉得有件事没完成,再不做怕是来不及了。

常常才写几行,泪水就模糊了眼睛。遥远的记忆被唤起,一些消失了的人与事纷至沓来,原本零星散乱、隐隐约约的回忆,在动笔之后互相串联,又唤醒和连接起更多的故事。我也感到奇怪:只要提起笔,过去那些日子就涌到笔尖,抢着要被诉说出来。我就像是用笔赶路,重新走了一遍长长的人生。

我写了我的母亲梁秋芳女士——一位普通中国女性——一生的故事，写了我们一家人如何像水中的浮木般随波逐流、挣扎求生，也写了中南腹地那些乡间人物的生生死死。这些普通人的经历不写出来，就注定会被深埋。

我一遍又一遍地重写这个故事，稿纸积累了厚厚一摞。出于好奇心，我称过它们的重量——足足八斤。书写的过程，温暖了我心底深处的悲凉。

人到晚年，我却像一趟踏上征途的列车，一种前所未有的动力推着我轰隆轰隆向前赶去。我知道自己写出的故事如同一滴水，最终将汇入人类历史的长河。

第一章

洛阳 南京

一

　　下了几天的雨，洛阳市安良街的屋檐下满是积水。一个五岁的小女孩光着脚丫，裤管卷得老高，转着圈踩水玩。水花四处飞溅，女孩一门心思戏水，母亲走近了，她还全然不知。

　　妇人火冒三丈道："男不男女不女，打起个赤脚玩水，回去非得给你包脚去！"边骂边拽过女孩的胳膊带回家去。

　　这是一九一九年，女孩名叫秋园。

　　她们的家是一个药店。朱红色大圆门上方嵌着斗大的烫金大字"葆和药店"。进得门去，光线骤然一暗，里面是个颇大的店堂：四壁都是酱色木柜，一格格密密麻麻的小抽屉上贴着细辛、白芷、黄芩、辛夷、羌活、麻黄、牛蒡子、夜交藤、紫花地丁等各类中草药名称；一排半人高的柜台正对大门，伙计在柜台后面接待按方抓药的顾客；柜台左边一扇乌金屏风隔出一块地方，里面一方红木大书桌，桌上搁着毛笔、砚台，那是药店掌柜梁先生给病人把脉诊病的地方。

秋园的父亲梁先生是个能干人，四十来岁，医术在当地口碑甚好。店铺墙上挂满了"华佗再世""妙手回春"之类的匾牌。难得的是，病人不管有钱没钱，他都一视同仁。梁先生还从老家南阳将自己当眼科医生的舅舅接了来。这位舅舅除了给人看眼病外，还自制中药眼药水，如拨雾散、一滴清等。

穿过店堂，又是一朱红大圆门，进去是个大园子，种有各类花卉草木。园中有口深井，井上架着辘轳。花园两旁有数间平房，一间是烧火做饭的厨房，一间专门用来加工中药，还有一间是接待女客处。这些女病人不是大家闺秀就是小家碧玉，有些难以启齿的妇人病就和太太讲，再由太太告诉掌柜的。

这所宅子的第三进才是居家住人的地方。雪白的院墙上画着松鹤延年的图画。墙内住着梁先生、梁太太、秋园和她的两个哥哥秋成、秋平,还有梁先生的舅舅以及四个伙计。算是个大家庭。

梁太太把秋园带进房间,二话没说,一把将她按在椅子上,拿出一块约莫四寸宽、五尺长的白布,立马要给女儿裹脚。秋园又蹦又跳,哭闹着不肯答应。梁太太恶狠狠地朝着她的小屁股啪啪啪几巴掌,边说:"不裹脚怎么行?长成一双大脚,嫁都嫁不出去!你会变成梁大脚,没人要,丢我的脸。"

秋园对这番话似懂非懂,但看到母亲那架势,这脚是非裹不可了。周围的女人都是裹脚的,脚越小越美。最标准的小脚可以放进升筒[1]里打转转,谓之三寸金莲。那些小脚女人走路像麻雀、像小鸡,在地上一跃一跃的。

裹脚是件大事,一般都由母亲来完成。女孩裹完脚后,有的母亲会把女儿抱上一张大桌子,让她站好,然后一把推下桌子;有的母亲会拿着鞭子抽打女儿,小女孩疼得厉害了就跑,一跑就摔倒了。这样做是为了让足骨摔碎,变

---

1. 升筒,量米的竹筒,直径约两寸。

成畸形。也有少数乡下姑娘小时候没裹脚,及至长大去相亲时,就像做了什么见不得人的事,一双脚不知往哪里放好,只能穿很长的裤子罩着或用曳地长裙盖着。

可怕的裹脚落到了秋园头上。好在梁太太既没有将她推下桌子,也没有追打她。梁太太左手抓住秋园脚前掌,右手抓住脚后跟,双手同时用力朝中间挤……光这功夫就够秋园哭得声嘶力竭,喉咙都哑了。梁太太挤了一阵后,用右手抓住女儿的五个脚趾使劲捏拢,左手将准备好的白布一道道缠上去,缠紧后又用针线密密麻麻地缝上。秋园又哭又叫,梁太太也流泪了,手上却一点没松劲。

第二天,趁着女客来访,梁太太不在跟前,秋园偷偷寻出剪子,把脚上的线拆了。解开白布后,四个往脚心收拢的脚趾一点点弹开……那双脚兀自颤动,抖个不停。

这事当然瞒不过梁太太。当晚秋园便被她喝令跪在地上,挨了顿重板子。梁太太边打、边骂、边哭,可哭归哭,手上的劲却一点不松。

经过一段时间锥心刺骨的疼痛,秋园原本漂亮的脚便失了原来的形状。

过两年，秋园被送到一个私塾发蒙。老师是东街的一个秀才，六十多岁，戴一副老花镜，留着山羊胡子，穿一件深灰色长袍。教室是一个大房间，一头放一张四方桌子，桌上放着笔墨纸砚，还有一块竹板。竹板一面红、一面绿，一头宽、一头窄，窄的一头用来捏握。通常，竹板绿色的一面朝上。如果学生要上厕所，就走到桌前将竹板翻个面，让红色朝上，等从厕所回来，再将竹板翻过来。

如果学生打架、骂人，老师就用这块竹板打屁股。如果学生上课讲话或背不出书来，老师就用竹板打手心。在这里读书的学生个个规规矩矩，走不摇身，行不乱步。

女学生读《三字经》《女儿经》《百家姓》，男学生读的是《孟子》《幼学》《增广贤文》。老师念一句，学生念一句；学生念熟了，老师便讲解文意。此外，还教毛笔字、教打算盘。学生抄字、背书时，老师便坐在桌边抽烟、喝茶。学生上课期间是不休息的，直到饭点才准回家。

秋园在私塾读了一年，学了点"女儿经，仔细听，早早起，出闺门，烧菜汤，敬双亲"之类，便被梁先生送去了洋学堂。梁先生是个跟得上形势的人。现如今都流行上洋学堂，也不兴裹脚了。秋园裹了一半的脚被放开，那双解放脚以后就跟了她一辈子。

二

隔了些年,大哥秋成十九岁,准备娶亲了。秋成从小就跟着父亲学医,预备子承父业。

天下不太平,张作霖、阎锡山、吴佩孚打来打去。今天北边的军队走了,明天南边的军队来了,日子过得提心吊胆。有大姑娘的人家尤其不得安生,时不时就会传出哪个村的大姑娘被路过的兵奸了,第二天跳进门前水塘淹死的消息。

离洛阳城不远有个余家村,一户人家有五个女儿,家人整天都提着心,就怕闺女的名节毁在兵士手上,到处托人说媒,想把闺女早日嫁出去。不知怎么七弯八绕就说到梁先生这儿来,要将其中一个女儿给秋成做媳妇。

梁先生是爽快人,说救人一命胜造七级浮屠。一天晚上,一辆牛车偷偷摸摸地从余家村拉来了一个姑娘。那姑娘就成了秋园的大嫂。牛车上堆满了红薯藤，大嫂就躲在薯藤里来到了梁家。

大嫂长得不很漂亮，只那双脚是名副其实的三寸金莲，穿一双绿缎子绣花鞋，鞋面用红丝线绣着牡丹花，走起路来颤颤悠悠。这小脚大嫂极其能干，粗细能做，绣出的花儿就像活的一样，擀出的面条又细又长，很是讨人喜欢。小夫妻俩也十分恩爱。

不久，二哥秋平也娶了亲。

二嫂家在开封封丘乡下。父亲跑码头做生意，赚了些钱。封丘乡下时有土匪出没。一天晚上，家里来了一伙土匪抢钱，碰巧男主人出门在外。二嫂的母亲很有几分姿色，土匪见了哪里肯放过？二嫂的母亲怎么也不肯从，这么折腾一阵，土匪不耐烦了，掏出枪来一枪打在她胸口上，人当场就没了。

当时二嫂十三岁，还有一个八个月大的弟弟。弟弟见母亲躺在地上，哭叫着爬过去，到她胸前找奶喝，吸不出奶就号啕大哭。

梁先生的一位老病号认识二嫂一家，某次闲谈时聊起这家的遭遇。梁先生听罢自是一番感叹，当即表示要将小女孩带到家中来，认作干女儿。

几年后，这女孩长大了，跟秋平很是投缘，便结成了夫妻。

二嫂眉眼修长，嘴巴小巧，皮肤白里透红，除了有点胖，模样着实好看，人也特别善良、厚道。不过，二嫂幼时没包过脚，也没大嫂能干，又因娘家姓李，大嫂就经常喊二嫂"李大脚"，有些瞧不上她。

不久，北伐军进驻洛阳。队伍军纪严明，从大街上经过时从不扰民。秋园跟着两位嫂子及街坊邻居站在大街上看热闹，只见军人头戴大檐帽，身背步枪，腿扎绑腿，迈着整齐的步伐列队经过。

洋学堂的学生举着小旗，夹道欢迎，和战士一起唱着歌：

打倒列强！

打倒列强！

除军阀！

除军阀！

国民革命成功！

国民革命成功!

齐欢唱!

齐欢唱!

三

秋园十二岁那年的春天,来得很是蹊跷。前两日还需穿棉袍夹袄,隔天气温就升至二三十度,太阳底下恨不得着单裈了。天井里的一丛迎春,仿佛不经蓓蕾孕育就直接爆出花朵。葆和药店门前那株垂柳,数月来干枯失色,却似乎一夜之间便抽出细嫩叶芽,阳光照耀下如淡绿的碎金,在早来的春风里无知无觉地飘荡。

那日梁先生诊完一个病人,踱进内室,手里举着两张票子,一脸高兴的神气,对女眷们说:

"刚才来看病的客人在市政厅做官,送了两张游园会的票子答谢我,我看就让清婉和清扬去吧。"

清婉是大嫂,清扬是二嫂。这两个名字是她们嫁进梁家后,梁先生替她们起的。

此次游园会在报上张扬有些时日了,请的都是城中官员、名流或富绅的女眷。这种事在这个保守的古城算是首次。药店虽说生意不错,可说到底梁先生也不过是个郎中,按理说是拿不到票子的。此次意外得票两张,他不由满心欢喜。

二嫂清扬还是小孩心性,活泼爱玩。平日里她除了缝缝绣绣,就是帮着切药、晾药、配药,除了家里那几个人,谁都见不到,闷都闷死了。她马上笑嘻嘻地站起身,从家公手中接过票。

大嫂清婉担心自己那双小脚,神色间不免有些扭捏。清扬马上说:"姐姐,这整个洛阳城,还能找得出几双我这样的大脚?去游园的太太小姐,怕不都是小脚……"大嫂立刻被说服了。

游园会那天一大早,清婉、清扬就起来打扮:脸上胭脂水粉一样不缺,身上套着自己最好的织锦缎夹袍,高高的立领把脖子撑得长长的。袍子的腰身特别紧窄,二嫂有点胖,边穿边吸气,嘴里直叫"哎哟"。秋园在一旁眼巴巴地看着她们,羡慕了一番她们的漂亮衣裳,就照常上学去了。

下午三点从学堂回家的路上,秋园感觉城里有点奇怪。店堂里的人都从店里出来了,三五成群地聚在门口议论纷纷。路上行人神色间自带一番仓皇,似乎发生了什么大事。

秋园回到家,发现葆和药店那两扇朱红大门大白天破天荒地紧闭着。门前围着一堆人,隔壁金店的掌柜也不做生意了,布店的掌柜也跑出来了。看见秋园,他们都转过身来。

"船沉了。"在一张张翕动的嘴里,秋园听明白了这三个字。

洛河里那条画舫游船几乎是在一眨眼间沉没的。那些小姐太太拥挤在一处,在人们反应过来之前,游船迅速失衡,一头扎进水中,飞快地消失了。清婉和清扬都在那艘船上。她们裹着她们的织锦缎窄袍,丧生在洛河里面。

办完两位儿媳的丧事,梁先生就病倒了。身体受了早春的风寒,邪毒入侵。身病加心病,终至一病不起,不过短短半个月就病故了。可怜梁先生一生干的都是悬壶济世的事,却没料到自己会英年早逝。

梁先生缠绵病榻的半月间，一直是秋园的大哥秋成陪床。他在父亲身侧搭了个小榻，衣不解带地伺候。办完父亲的丧事，秋成便得了怪病——全身乏力，颤抖个不停。病名无从查考，病因倒可想而知：半个多月里，失妻丧父，连办三场丧事，这年轻人撑不住了。

秋园的童年时代结束于十二岁——那年春天，她失去了三位亲人。

亲手送走自己的亲人，这只是开头。在以后的漫长岁月中，秋园生下五个孩子，带活三个，夭折两个。四十六岁，她埋葬了丈夫。秋园自己活到了八十九岁。去世前那几年，她常说的话是："不是日子不好过，是不耐烦活了。"

四

秋成这一病便是整整三年。

一天，一个早年结盟的朋友从信阳过来看望梁先生，才知他已经走了。朋友好一阵伤心，大哭了一场。又看到梁先生的大公子病成这样，叹息不已。这个朋友本来抽大烟，就让秋成抽了一口，说是提提神采。

秋成接过对方递来的烟枪，连抽了好几口，顿觉精神振奋、飘飘欲仙，浑身一阵轻松，病魔似乎已离他而去。他一下子好了许多，居然能下地走路，也有了食欲。只是把个大烟抽上了瘾。

梁家家底算得殷实，光洋[1]用两个大缸子埋在屋檐脚下的水沟旁。家人只得把这些光洋挖出来，由着秋成抽了一段时间大烟。

这么着坐吃山空，家里只剩了个空壳子。眼见一家人生计都要没了着落，秋成不得不重新挂起葆和药店的招牌，一边替人看病，一边戒烟。托梁先生原先的口碑，病人倒也络绎不绝。秋平不曾学医，便掌管药店杂务。兄弟齐心合力，药店一时间蛮有起色。

梁先生去世后，梁太太就让秋园停了学，留在家里

---

1. 光洋，银圆的一种，民国时期主要流通货币之一。

学做针线活。秋园心里不乐意，但当时家中那个景况，她实在不忍忤逆母亲。何况，家里渐渐也拿不出钱来供她上学了。

一九三一年，"九一八"事变爆发，日军侵占东北三省。一九三二年，"一·二八"事变直接威胁到南京，国民政府迁都洛阳，洛阳成了战时行都。于是，葆和药店便常有一些身着戎装的军人或戴礼帽、穿长衫的大小官吏前来看病。

一天，安良街上一个姓扣的人家出殡。秋园也跟着梁太太出门去看热闹。扣姓人家很有钱，所有活人在阳世上用的东西，死人也样样不少。这些东西用竹子和纸扎成，摆满了两条街，上山时让叫花子举着、抬着，到了山上再一把火全部烧掉。

秋园在人群中看了一会儿，就朝家中走去，浑然不觉看热闹的人里有个人一直注视着她。

此人是当时国民政府的一位校级官员。他患有偏头痛，经常去葆和药店看病，秋成开的方子有缓解之功，一来二往，俩人便成了朋友。见秋园走进药店大门，过了一会儿，他也踱了进去，问别人刚才那个留长辫子的姑娘是少梁先生的什么人。

店里的人回答："是少梁先生的妹妹。"

仅隔了两天，葆和药店就迎来了国民政府参军处秘书长的夫人。这位董太太三十来岁，长相漂亮，衣着华贵，穿金戴银。她不看病，而是直接找到梁太太，把她拉到一边，俩人嘀嘀咕咕了许久。秋园虽不知她们在讲些什么，但见她们说着说着就往自己这边看，便知道她们讲的必定和自己有关。

从那天起，董太太隔三岔五就来药店一趟。她给秋园买了两双高级皮鞋，还再三交代梁太太别给秋园裹脚。虽未点破，可秋园心里明白，董太太是来给自己做媒的。

两个月后的一天，梁太太忽然对秋园说：

"小姐呀，董太太是来给你说媒的，说的是国民政府参军处上校参谋杨仁受。他是湖南长沙人，今年二十六岁，家里只有一个老父亲，有田有屋，是个小康之家。"

梁太太问秋园同不同意这门亲事，秋园不答，再问就哭。太太问了三夜，秋园哭了三夜，她也不知道自己究竟在哭什么。

一天晚上，当梁太太再问时，秋园突然来了主意，把眼泪一抹，说道：

"让他送我读书，等我中学毕业了再结婚。"

第二天，董太太来了，梁太太转告了秋园的意思。

第三天一大早，董太太就来了，喜形于色地对梁太太说：

"杨参谋不但愿意送小姐读书，还打算将老父接来洛阳，买房子安家。"

梁太太点点头，秋园终于也点了头，这桩婚事就算应允下来了。

五

秋园未及与杨参谋谋面，董太太就领着四个人送来了聘礼，他们每人头顶一张小方桌，鱼贯走入葆和药店。小方桌是从喜店租来的，专门用于送订婚大礼，桌子由竹子编成，边长一尺五寸，中央安一个碗口大的竹圆箍。桌面上铺着红绸布，聘礼就放在红绸上，计有四件旗袍、一对金戒指、一对秋叶金耳环、一双金镯子，还有四双缎面平底布鞋。

秋园出嫁那天，看热闹的人山人海。送亲的和迎亲的分乘八顶蓝色大轿，这叫双娶双送。新娘子坐一顶花轿，吹鼓手在一旁奏乐，这种出嫁场面当时在洛阳算得上高规格了。结婚典礼在河洛饭店举行。主婚人是国民政府参军处的参军。国民政府主席林森送了贺喜对联。

秋园躲在红绸布后面，对外面的热闹心不在焉，只是迫不及待想看看自己的丈夫到底是怎样一个人，便偷偷地掀起盖头来。新郎一副文官打扮：头戴礼帽，脚蹬圆口皮鞋，胸前戴朵大红花，国字脸白白净净，面相诚笃忠厚。此时此刻，秋园才算放了心。

仁受在洛阳安家的承诺却没有兑现。一九三二年底，国民政府回都南京，秋园也跟着仁受到了南京。

秋园一心想读书。那时正值阴历十月，没什么学校可考，她就参加了妇女职业补习班，学习缝纫、刺绣、编织。

周围同学多半是结了婚的妇人,其中最大的有三十岁,秋园年龄最小。

仁受在南京大沙帽巷租了两间住房。他的薪水并不高,每月九十块银圆,碰上国难当头,薪水九折,每月实际还领不到九十块。两个人生活很是节俭,每天早上一人一个烧饼、一个鸡蛋,再加一壶开水。饭后就各干各的,仁受上班,秋园去妇女补习班。晚上,仁受教秋园写字、读书、念诗,待她就像个小妹妹。逢仁受休息,两人常去夫子庙玩耍,秋园总会买上一盆小花带回家养。不久,租屋过道里就高高低低摆了一溜儿花,不名贵,倒也煞是好看。

仁受是湖南乡下人,幼时母亲即过世,父亲做点小本生意——挑着货郎担子走村串巷,卖些坛坛罐罐之类的窑货养家糊口。由于四十多岁才得仁受这一子,父亲下决心要送儿子读书。

仁受很快显出聪慧资质,吟诗作对都有模有样,还写得一手好字。教书先生叫李经舆,是地方上有名的文人,颇喜欢仁受。李先生有很多学生在外当官,待仁受长成少年,李先生便让一个在国民政府做官的门生将他带了出去,以免乡下地方埋没人才。

十六岁的仁受便离开了家，独自在外闯荡，当了上校参谋，如今又给自己娶了亲。

在南京安家后，仁受就惦记着要把老父接来一起生活。不久，由堂弟杨均良护送，七十多岁的仁受父亲来到了南京。老人家已双目失明，仁受请了个保姆专门侍奉他。尽管仁受百般孝敬，父亲还是想回老家。老人家天天哭，怕自己死在城里，说要死在乡下、要睡棺材、要埋在山上。仁受万般无奈，只得又写信请堂弟来把父亲接回老家，并让父亲寄住在堂弟家里，每月给堂弟三块大洋作为生活费。算了算，老人家在南京只住了八个月。

一九三七年十二月，日军攻陷南京。

说起来真是不可思议。日军占领南京前，不时派军用飞机到城市上空侦察。虽然飞机飞得很低，但日军既没遭到防空炮火阻击，也没遭到军用飞机拦截，有时连防空警报都没响。更可笑的是，一些南京市民竟然在街上摆了桌子，拿根长竹竿去戳飞机。

数月之后，南京大屠杀发生了。

六

一九三七年深秋，一艘轮船停泊在汉口码头上等待靠岸。浓雾笼罩着宽阔的江面，看不到江水和天空，也看不到不远处的其他船只，天地之间只剩浓白的雾。远方，一小片浓雾深处闪烁着淡白的光亮，那是太阳在照耀，可灼热锐利的阳光亦穿不透浓雾。间或有汽笛鸣响，那声音孤单、凄清，如盲人般在雾中胡乱摸索、碰撞。

仁受、秋园和他们五岁的儿子子恒正在这条船上，船将开往重庆。自十月国民政府决定迁都重庆，将其作为战时陪都起，国民政府大小官员便陆续撤往重庆，仁受也在其中。

仁受像头困兽，一会儿到甲板上加入同仁对时局的议论，一会儿在舱室里心神不宁地踱来踱去。战事越打越艰难，这一去就很难回头了。他没有别的牵挂，只想再看一眼又当爹又当妈，将他一把屎一把尿拉扯大的瞎眼老父。战事发展非人力所能控制，微弱的个人就像一段浮木，在时代的滔天大浪里载沉载浮,不知会被浪头打往哪一个驳岸。倘若这次见不到父亲,也许就永远见不到了。此地离湘阴甚近,不如带妻儿下船,看眼老父亲再走……一路上他都举棋不定、心事重重。

秋园忙着哄逗五岁小儿子恒,母子俩常常无知无觉地咯咯欢笑。秋园这年二十三岁,她北人南相,长得白皙、窈窕,身上那件深蓝底缀银色梅花的缎子夹袍更衬得她面目清丽。自打结了婚,仁受就是她的天,她依他如父如兄。秋园想得很简单:仁受说去哪儿就去哪儿,仁受说怎么办就怎么办。

仁受看着秋园母子俩,愈发感到身上责任重大。时局如此混乱,一下船恐怕前途未卜;可此番若不见老父一面,今生或许再难相见……他在两种思绪中挣扎无果,索性出了舱室,径直走到甲板上向一位张姓同仁请教,此人素有"张半仙"之称。

"你替我算算,我究竟该下船还是跟着船走?"仁受焦急地问道。

张半仙回到舱室,郑重地替仁受打了一卦。卦象显示,仁受该下船,回湖南乡下看望老父。既然天意如此,不妨遵从。

仁受回到舱室，匆匆对秋园说："把东西都收拾好，船一靠岸我们就下去。"

船在大雾中等待了三个小时，浓雾在阳光的驱赶下总算渐渐散去。船只鸣响汽笛，小心地向岸边靠去。

这艘船只是中途停靠武汉，下船的只有仁受一家。仁受拎着皮箱走在前面，秋园牵着子恒跟在后面，两名勤务兵挑着四个大箱子尾随其后。

过吊桥时，年轻的秋园抱起子恒，迈着轻捷的步子走了过去。从前的生活，也远远地留在了吊桥那边。

第二章

山起合

一

仁受那么忠厚的人,竟然也会撒谎。求亲时说什么有田有屋的小康人家,其实他在湘阴连个像样的家都没有。

深秋的乡村很是萧瑟。草色枯黄,沿途都是起伏的丘陵,水田里残留着积水与稻草茬。子恒指着一头身上沾着黄泥巴的水牛问:

"妈妈,这里的马怎么这么脏?"

秋园眼中一片茫然,她也没见过水牛。一行人往仁受的堂弟均良家中而去。听说仁受带着家眷回来,均良家堂屋里早就围满了人。乡党们要看看这个大官带回多少金银财宝,还要看看他的娇妻。

秋园还是穿着那件深蓝夹袍,烫发,踩圆口黑皮鞋,戴着耳环和金戒指。看客啧啧称赞："大地方来的太太就是不一样啊！"子恒紧靠秋园站着，对眼前的热闹场面有些害怕：这么多人大声大气说着他听不懂的话。

秋园也被众人盯得心里发慌，慌乱中想起来：这么多小孩，应该拿点糖果分给他们吃。糖果原本准备好了放在箱子里，但她记不得是哪只箱子，只得在众目睽睽下开箱翻找。看客瞪得如铜铃般的双眼只看到两箱书籍、两箱衣服，并未发现什么金银财宝，皆感空欢喜一场。

仁受和秋园暂居在均良家中。渐渐有更多人知道仁受回来了，周边的文人墨客乃至十几里外的熟人都赶了过来。熟人带熟人，一下子把均良家弄得门庭若市，有时一天要开三四桌席。仁受整日和人吟诗作对、论古谈今，好不热闹。

秋园言语不通，融不进这番热闹。悠扬的湘阴方言在她耳里只是一片叽里呱啦的声音。她也无法适应硬邦邦的米饭粒和辛辣无比的菜肴。别人吃得热火朝天，她却几乎不敢举箸，只能用白开水泡点饭吃。过了好几天，仁受才意识到冷落了秋园，赶紧请堂弟上街买回十斤面条、十斤面粉。

好心的朋友私下提醒仁受买田买屋。有了田就可以收租,衣食无愁。买了屋就有自己的房子住,叫花子都有个顿棍处,和堂弟住在一起毕竟不是长久之计。仁受把这些话都当成耳边风,还说自己不想当财主。

均良一家所有开销都由仁受包了。一日,均良说家里的米快吃完了。仁受一口气买来三十担谷放在楼上,黄灿灿的谷子堆成一座小山。可不到十天,均良就满脸难色地告诉仁受,老鼠闹得太凶,谷子被老鼠吃光了。仁受上楼查看,那三十担谷果然都消失了,只剩下堆成小山的谷壳。

十六岁便离开乡下的仁受对农事不太了解,当真以为是鼠患。后来有人告诉他,那些谷子是均良一个晚上输掉的。均良好赌,且赌技不佳,每赌必输。自仁受来了后,均良更是大大咧咧,对输赢毫不在意,满以为堂哥是个大富翁。于是,他越赌越厉害,竟把三十担谷输了个精光。这如何交代呢?他便连夜担了许多空谷壳放在楼上,谎称老鼠吃空了谷子。

二

仁受住在均良家,两家人都要靠他那点积蓄供养。均良又好赌,钱花出去没个数。过了段日子,仁受感到急需买屋自住。均良听说仁受要搬出去,开始很是不悦。仁受虽是个薄脸皮,但眼见这么坐吃山空,也焦急不已,所以去意坚决。

一日,均良告诉仁受,他打听到一处闲置的好屋,屋主的儿子在外做官,听说杨先生想买屋,愿意折点本出售。均良说,这个机会千载难逢。

仁受犯了难。对方出价三百块银圆,这几乎是他眼下所有的积蓄。他跟秋园商量。秋园不大懂这些,但明白均良家是住不下去了,而且她也盼望有个自己的家可以操持。一时半会儿也找不到更合适的房子,仁受便倾囊买下了这座大屋。为了感谢均良从中牵线,还给了他一些好处费。

万万没想到,三百块银圆换来的竟是一张假地契。大屋主人压根没有卖屋之意,其间上蹿下跳的是主人一个不成器的儿子。那儿子是均良的赌友，因为欠了一屁股赌债，就与均良合伙设了个局。仁受一直把均良当自家兄弟，从未起过疑。仁受几次去看屋，两个赌徒都提前设计好时间，设法避开屋主，统统由那儿子接待。拿了这笔钱，那儿子就远走他乡。均良摆出一副无辜状，表示他毫不知情。

仁受的积蓄至此被榨得干干净净。好在他还有一份由国民政府支付的薪水——每月凭一个绿色小本去银行领九十块银圆。重庆也时有信来，催他回去复职。

仁受几次打算启程，均因瞎眼老父年迈多病而作罢。有一次，第二天就要出发，结果老父亲头天晚上却病倒了，行程便又耽搁下来。这样延宕了两年，仁受最终被除名，再也领不到政府的薪水了。

不过，作为乡间德高望重的绅士，仁受经人举荐，当上了山起台乡的乡长。山起台是个大行政乡，附近的花屋里、黄泥冲、赐福山等村子都隶属于这个乡。仁受全家搬到了乡公所附近的一个场屋居住，房子是别人家的。

三

　　仁受中等个儿、国字脸，长得白净、周正，性情愚雅、慈悲、和蔼可亲。他平日戴礼帽、穿长袍，架一副金丝边眼镜，拄一根文明棍，脚上的白底千层布鞋总是一尘不染，与乡间氛围有些格格不入。

　　仁受当乡长那会儿，政府禁止百姓私自做酒。乡公所的自卫队经常下乡检查，那些大小头目便趁机敛财。他们一旦发现谁家做酒，除了将制酒设备全部打烂，还要罚款甚至抓人，这叫"拿糟坊"。

　　一次，有人向仁受报告，说樟树冲有户人家做酒。这话被乡队副范麻子听到了，他对仁受说："这么点小事，让我去处理好了。"

　　范麻子走后，仁受很不放心，犹豫了一下，便亲自赶去查看。到了那里，只见范麻子正指使人砸东西，把装在缸里做酒的稻谷倒在地坪里。仁受气急不已，连忙断喝一声"住手"，随后走到坪里，抓起谷子边看边说："太可惜了,一粒粮食一滴汗,多不容易啊……"

最后,仁受叫那户人家把稻谷搬回家,闭口不提罚款的事,带着自卫队走了。

抽壮丁更是敛财的好机会。虽说是三丁抽一、五丁抽二,但有钱人可以出钱不出人,或者出二十担谷买穷人的儿子去顶替。穷苦人家拿不出钱,即使只有独子也难以幸免。

一日,仁受带了几个乡丁去乡下催壮丁,半路上遇到一个五十多岁的农民,他扑通一下跪倒在轿子前。

范麻子厉声喝道:"你要干什么?!"

仁受飞快地下了轿,扶起农民道:"有什么事你说。"

那人说:"乡长,我有两个崽,大崽有些傻,做不得什么事。我身体不好,明眼人都看得出。家里几丘薄田全靠二崽种。如今二崽抽了壮丁,叫我们如何是好?"

范麻子说:"出二十担谷买个壮丁。"

农民说:"就算我不吃一粒谷,也出不起二十担谷啊。"

仁受问清了农民和他二崽的名字,说:"明天你送几担劈柴到乡公所来就可以了。"

实际上，仁受当晚就找秋园要钱买了二十担谷，然后托人去买了个壮丁顶替那农民的二崽。

美国飞机有时会空投一些罐头、饼干、衣服之类。

那日秋园去乡公所，正碰上大家在清点东西。几个乡丁借着由头，硬要开瓶罐头招待秋园，仁受选了瓶最小的让乡丁开了。罐里装着麻将块大小的紫色食物，看起来新鲜、艳丽、水嫩，吃起来就像是嚼萝卜，不咸不甜，没一丝味道。一堆衣服里，秋园看中了一件紫红色呢子外套，一试也十分合身。她爱不释手，没经仁受同意便拿回了家。后来仁受知道了，不管秋园怎样恳求，他硬是把外套拿走了。秋园生气又无奈。

傍晚时分，一个乡丁用独轮车推了个木桶往仁受家这边来，远远一看就知道是装罐头的木桶。子恒开心地喊："爸爸送东西来了！"一边飞奔进屋告诉秋园。难以置信，居然是个空桶，里面啥也没有。乡丁说，杨乡长让拿回来装米。

年三十晚上，爆竹声声辞旧岁，人们酒足饭饱之后都沉浸在过年的氛围中。深夜，仁受一家已进入梦乡，睡梦中却忽然听见嗙的一声。夜深人静，那声音格外刺耳，一家人都惊醒了。莫不是有贼？他们轻手轻脚地走进厨房，只见一个男人趴在水缸边上艰难挣扎——头进了屋，脚还在外面，进也不是，退也不是。舀水的竹筒掉在一旁。

乡下每家都有个大水缸，靠墙埋在地下用来盛水。水缸高出地面三十公分左右，缸边钉着一根木棍，棍子上挂一个带把儿的竹筒用来舀水。竹筒里多少会有些水滴下来，久而久之，地上变得很潮湿，连带泥砖墙脚也潮乎乎一片。小偷便专挑这种地方打洞，爬进屋里偷窃。

子恒快上初中了，已是个半大小子，见状立马抓起灶边的一根柴棍。仁受连声阻止："莫打他，让他进来。"

那人约莫四十来岁，进屋后站在那儿一动不动，一副要剐要杀随你的样子。

仁受说："人家大年三十都在家团圆，你还要出来偷，总是有得办法。"

一句话讲得那人眼泪巴巴。他告诉仁受，堂客久病在床，家里能卖的东西都卖了，病也不见好。家里几天没米下锅了，三个细伢子饿得东倒西歪。

仁受说:"你带了米袋子吗?"

"带了,带了。"

仁受走到米缸旁,拿起瓜瓢,把米一瓢瓢舀进袋子里,直到装满为止,足有二十多斤。随后,他从另一个缸里提出一块腊肉和一条咸鱼塞给那人,一边说:"快回去过年吧,一家大小都在等你。"

那人对仁受连连叩头道:"都说杨乡长是好人,果真没有错。要是碰上别人,非把我打得半死不可。您的大恩大德我永世不忘。"

仁受打开大门,外面一片漆黑。"等等。"他说着又回房点了马灯,然后站在门口,一直照着那人走上小路。

那人频频回头,嘴里念叨着:"我再不做贼了,再不做贼了。"

仁受当乡长期间,为了帮人买壮丁或救济穷人,有时连秋园的嫁妆、金银首饰也拿去变卖。本就不多的家当渐渐被贴得精光,他真正成了穷光蛋——穿在身上,吃在嘴里。

在乡公所,副乡长与很多乡丁惯于欺压乡民、作威作福。冰冻三尺，非一日之寒。仁受单打鼓、独划船，也无法扭转这种局面。日子久了，他干得也不舒坦，遂辞去职务，赋闲在家。

不久，一位乡党介绍仁受去安化担任当地田粮局的局长。

田粮局是个空架子、清水衙门，常常连工资都发不出。仁受有了点钱便去救济别人。可怜秋园朝夕盼望，半年过去也没盼到一分钱。家中积蓄所剩无几，她只好把一分钱掰成两半花，眼看也支撑不了几日，心中万分焦急。

四

那年恰逢干旱，两三个月都没有下过一滴雨。一大清早，太阳就像个火球似的高悬在天，随着时间推移渐渐升高，愈发炽热、白亮，不可逼视。那热力仿佛随时可以点燃大地。山丘几乎要冒烟。水田里的泥巴都晒白了，横七竖八地裂着寸把长的口子，如龟背一般。庄稼也都枯死了。

农民面黄肌瘦,衣衫褴褛。

仁受无钱寄回,只有信还照常来。秋园坐在床沿看信,边看边流泪。随后,她起身去开床头那只樟木箱子的锁,从里面翻出装钱的皮夹子。这夹子还是从南京带来的——深棕色皮面柔软光滑,开口处是两个闪闪发光的金属小球,一按便打开,再按又合上;里面还有个小皮夹子,用更小的两个金属球作为开关;小皮夹子两边还分布着几个夹层。秋园心情好的时候,偶尔会让两个小女儿玩玩这稀罕的物什。

皮夹子里只剩下四块银圆和为数不多的纸币。秋园把它们数了又数;叹口气,又把皮夹放回箱底,重新锁上箱子。

秋园领着子恒、之骅和夕莹三兄妹生活,每日都有四张嘴要填。子恒考取了湘阴一中,暑假一过就要开学了,到时也需要钱。皮夹子里的四块银圆是四口人的命根子。

一天上午,家里来了四个穿长袍的绅士模样的人。他们坐定后,秋园泡了豆子芝麻茶、递了烟,心里却好生纳闷,不知道他们来干什么。

寒暄几句过后,其中一人开口道:

"我们四个人是代表花圃祠的父老乡亲来请梁先生去教书的,不晓得您愿不愿意去?"

秋园先是愣了一下,生怕自己听错了,然后连忙坐到他们旁边,客气地说:

"承蒙各位先生厚爱,只是我不晓得自己能不能胜任,就怕误人子弟啊。"

其中一位着青色马褂、玄色长袍的先生说:"梁先生就不要推辞了,我们知道您在大地方读过师范,学问是不用说的。这次我们是专程来请,还望梁先生肯帮忙。"

秋园心中激动不已,面上依旧平静:"既然这样,我答应你们四位就是。四位跑了十几里路来请我,总不能饿着肚子回去,就在这里吃餐便饭吧。"

一位年纪大一点的说:"还是不麻烦梁先生了,我们随便到哪里吃点东西就是了。"

秋园说:"这就太见外了,以后我们要经常打交道的。初次见面,一起吃餐饭是应该的。"

四人对望了一眼,道:"好好,恭敬不如从命,就在梁先生这里吃饭。事情办好了,我们也就放心了。"

其中一位从口袋里掏出一张红纸,纸上用毛笔工工整整写着:"兹聘请梁秋园先生为花屋小学先生,每学年稻谷二十担。"

这四人负责管理花圃祠村的小学,学校里人员聘请、收入支出都归他们管。学校有自己的田,也由这四位经营。

秋园飞快地跑进睡房,从皮夹子里取出一块银圆,又飞快地出了门。

那餐中饭很丰盛,有红辣椒炒肉片、红烧油豆腐、清蒸河鱼,还有瓶烧酒。秋园和这四个男人边吃边聊,他们告诉秋园,小学只有一个班,但包括四个年级,先生只有一个,还是比较辛苦的。

秋园喝了几口烧酒,脸上红扑扑的。她说:"我会尽力当好这个先生的,以后遇到了困难,还望各位多帮助。"

他们说:"今后有什么困难,尽管找我们,这一点请梁先生放心好了。快开学了,还请梁先生早些准备。三天后,我们派人来接您。"

秋园说:"我的行李很简单,只有两三口皮箱,加上被子铺盖,随时都可以走。开学前肯定有很多事情要做。到一个陌生地方,一切都要从头开始,既然答应了你们,我还是早点过去为好。"

四人中的一位说:"梁先生讲得对,迟早都要搬过去,那我们就后天来接,给您一天时间准备。您看轿子是来一顶还是两顶?再来两部土车子推行李。"

秋园说:"轿子来一顶就够了。我儿子下半年就是中学生了,十几里路他可以走。"

酒足饭饱之后,四个人欢欢喜喜地告辞了。

秋园站在门口目送,等客人走远便返身进了屋。她一把揽过之骅和夕莹,激动地说:"真是天无绝人之路,如今不愁生活没有着落了。我要尽快搬过去,就是怕夜长梦多,总觉得这好事来得太突然了。"

动身去花屋小学的那天,秋园穿着件深蓝底洒白蝴蝶的布旗袍,脚穿带襻的圆口平底黑布鞋,梳了个清清爽爽的发髻。乡下的太阳没有晒黑她,皮色还是那么白净。

秋园揽着之骅和夕莹坐在轿子里,前面是两部独轮车推着行李。独轮车一路发出吱吱嘎嘎的声音,子恒一蹦一跳地跟在一旁欢快地走着。

第三章

花屋里

一

　　花屋小学原名叫花屋里，是一位有钱的徐老先生的私宅。这栋屋在乡下真是气派得很。外面是高大雪白的墙壁，沿墙一周遍植各种花卉。屋分两进，走进大门是一个好大的堂屋，堂屋两边原本是住房、会客室，现在就做了小学校的教室。

　　顺着堂屋往里走，有一个很大的天井，天井里用麻石砌出花台，台子上一年四季有花。经过天井往里走，又是一个大堂屋，结构和前面的差不多，只是增加了厨房和饭厅。

　　一条小路通向堂屋后面的园子。园里有梅子树、桃子树、橘子树、石榴树，还有月季、芙蓉、鸡冠花、凤尾竹，以及一些不知名目的花草。角落里有口水井，圆圆的井面凸出地面尺把高，弯腰便能看到里面黢黑的水和人的影子。井上架着个轴轮，打水时双手摇着把手，伴着咿咿呀呀的声音，一桶水就吊上来了。

园里还用石头砌了个水池，一米五见方。池边搁了根劈成半边的毛竹，长长的毛竹穿过围墙上的洞通到屋后的山上。山上的水经由毛竹流到园中的水池里，长年累月，就那么慢条斯理地流着。池里常年养着三五条蓑衣鱼，那鱼五彩斑斓，煞是好看，因而也叫菩萨鱼——只有菩萨变成的鱼才会这么好看吧？不能吃的，吃了会得罪菩萨。

在花屋里，之骅和夕莹最喜欢的东西非水井和水池莫属。她俩整天不是趴在井边就是趴在池边，一看就是老半天，秋园不叫就不走。

秋园把头发剪成齐耳长，不高不矮、不胖不瘦，还是常穿着那件蓝底洒白蝴蝶的旗袍，站在花屋小学黑板前面，像个城里的女学生。

搬来当晚，秋园就给仁受写信，告诉他自己已经来到花屋小学当老师，要他赶紧从安化回来，与家人团聚，免得一人在外漂泊。

仁受回信说，一个男人总要做点事，不可能要她养活。秋园禁不住满心失望。快开学时，山起台中学聘请仁受去教书，秋园不由喜出望外。学校等不得，秋园便发了一封电报给仁受，称自己病重，叫他速回。仁受当天就赶回来了。看到秋园安然无恙，他长出一口气，也没责怪她。

一家人再次团聚了。

家就安在花屋小学。仁受一周回家一次。每个星期六傍晚，之骅都会牵着五岁的妹妹夕莹去路上接仁受。秋园总是把姐妹俩打扮得干干净净，辫子梳得光滑齐整，发梢还要弄点红绿绸子扎个蝴蝶结。

远远看见身穿长袍、走路斯斯文文的人，那准是仁受。之骅和夕莹飞跑过去，仁受笑着接住她们，一边牵一个。

姐妹俩走路不老实，老去踩路边的小草。仁受便说："好好走路，你们看，把我的鞋子弄脏了。"

"爸爸，有故事吗？"夕莹仰着脸问仁受。

"有。"

"有多少？"

"一肚子。"

夕莹高兴得又蹦又跳:"回去听故事喽。"

夕莹长得实在好看,皮肤白瓷样。她比之骅小两岁,却和姐姐一般高。别人都以为姐妹俩是双胞胎。

秋园又有喜了,肚子一天天大起来。

二

屋主徐老先生叫徐属文,这花屋是他父亲留下来的。徐老先生有牛皮癣,奇痒,走到哪里抓挠到哪里,抓挠起来发出喊咔喊咔的声音,地上落一片白屑。他从来不串门,不到别人家里坐,要坐也是自带板凳坐在门口,晒晒太阳,聊聊天。

他的堂客六十出头,满月般的圆脸,天生一双笑眯眯的眼睛,都说她一脸福相。大家都叫她徐娭毑[1],不过自嫁

---

1. 娭毑,方言,年老妇女。

到徐家，她并没有享过一天福。

徐家长子叫徐正明，生得瘦长，眼睛天生近视，看起书来脸几乎要贴到纸上。书没读出来，身体又单薄，做不得田里功夫，做一天要睡三天，是个什么事都不能做的空头人。乡里人背后都喊他桐油缸——当地把长得不好看又不会做事的人叫桐油缸，把长得好看但不会做事的叫红漆马桶。

徐正明三十几岁还没讨到堂客，这事成了徐老先生和徐娭毑的心病。老两口一门心思要在有生之年把正明的婚事解决，否则死不瞑目。徐娭毑到处托人说媒，相了很多亲，都是女方看不中徐正明。乡下人老规矩，"嫁汉嫁汉，穿衣吃饭"，嫁一个肩不能挑、手不能提的男人，一辈子吃亏的是自己。

这样又拖了几年，终于有一个叫向爱梅的三十五岁的老姑娘愿嫁给徐正明。爱梅长得黄皮寡瘦，整天头晕，全身无力，是个药罐子。徐娭毑说，有些女人结婚前身体不好，一旦结婚生子就会好起来，水色会好，人也会胖，但愿爱梅属这类女人。

人逢喜事精神爽，结婚的头几天，徐正明非常高兴，满面春风地跑进跑出。要是有人问他:"徐先生,要讨堂客了?"他总是忙不迭地点头,一边说:"是的是的。"一副生怕人家不相信的样子。

堂客终于讨进了屋,那年徐正明四十岁。

徐正明为了给爱梅治病,卖掉了一部分田屋。花屋小学就是被卖掉的花屋里的前面一半。

三

花屋旁边有一户人家,家里就两个人——四老倌[1]和孙子兵桃。兵桃叫四老倌爹爹[2]。爷孙俩相依为命。

四老倌六十岁出头,夏天裸露着背脊,日晒雨淋,背上的皮就好像加工过的牛皮,锃亮、黑黄,微驼的背上滴水不沾。两条精瘦腿上的血管好比盘缠的蚯蚓,挑起担来步伐仓促,十分吃力,草鞋上也不知是水还是汗,走在路

---

1. 老倌,方言,老年男性。
2. 爹爹,方言,祖父。

上一步一个脚印。汗水将眼睛模糊了,才停下来,用手掌一抹,继续挑担赶路。冬天,他下穿短裤,上穿打着补丁的长袍,胸前由于饭菜长期浸润而无比光滑。

兵桃比之骅大一岁,之骅经常进出兵桃家,看爷孙俩做事,看他们吃饭。

一到夏天,之骅就疰夏,整天不吃饭,光吃点豆腐花,还偏要吃一种野芹菜,人瘦得皮包骨。每每看到四老倌和兵桃吃出一片响声,之骅的食欲就被勾了起来。他们的饭里总有各种杂粮:红薯块、红薯丝、蚕豆、豌豆,还有萝卜丝,比那些白米饭香甜得多。

四老倌的嘴巴极歪,饭扒进嘴里,要不停地用筷子往里塞,吃顿饭也是一副手忙脚乱的样子。秋园常让之骅端着饭和他们一起吃或换碗杂粮饭吃。之骅学着他们吃饭的样子,他们扒一口,之骅也扒一口,然后使劲嚼,最后咕咚一声,一口饭就咽到肚子里去了。

四老倌他们炒菜,只须用块猪肉在锅底抹一抹,炒出来的菜偏偏好吃。之骅就喜欢吃他们的菜。特别是用瓦片烤的小咸鱼,两寸多长,不洗,放在一块盖屋用的瓦上,把瓦片放在煮好饭后的余火上,过一阵,小鱼被烤得金黄,嘣脆喷香。兵桃能吃上这种鱼，就算美味佳肴了。他眼睛放光，死死盯着鱼碗，只要爹爹稍有疏忽，一条鱼便飞快塞进嘴里。也有失算的时候，鱼还没夹稳，筷子就被爹爹的筷子压住了："少吃点，太咸。"

其实，爷孙俩有那些田，足够了。四老倌要吃好、用好、穿好也不难，但他一味苦吃、苦做、苦抠。这只是苦了孙子兵桃，跟着爹爹一年四季都是青菜、蚕豆、拌黄瓜、腌茄子，吃顿荤腥要等过年过节。

有人听到他开导兵桃："吃，总是空的，牙齿碰一碰，就过去了。你叫得出菜名，想得出菜式，三天两头念一念，在心里盘一盘味道，不也是一样的吃吗？"

冬天，四老倌开始串门。长齐脚踝的旧棉袍下，一双爬满青筋的瘦脚套着无跟的烂棉鞋，乌黑的脚后跟裸露在外，粗糙得像老槐树皮。一双干瘦的手伸向彼此袖筒取暖，手背就像洗不干净的抹桌布，指甲很长，里面嵌满了污垢，指甲下端呈现出十个白色半圆。有人说他这双手是挖财握宝的手，为此他专门花了一个银圆，请一个下瘫的麻衣相师算过命。那相师对他的手大加赞美，说这十个白色半圆比别人的明显、比别人的大，可以搂十个太阳、拢一片金光，好比抱堆金子。

听了麻衣相师的话，四老倌更是神魂颠倒、喜形于色，更频繁地东家进、西家出。

串门聊天时，自然少不了讲起日本鬼子进村的事。他崽和媳妇吃亏就吃在怕脏，不肯躲到粪坑里，硬是要躲到柴堆里。鬼子一进屋好像就知道柴堆里有人，一阵工夫，就把那么大一堆柴掀开了。

鬼子把崽和媳妇捉走时，四老倌抱着兵桃就站在粪坑里，粪水齐了腰子，也不能作声。从粪坑里上来，全身白花花的，爬满了蛆。带着兵桃跳进塘里，蛆就到水里去了。捡了两条命，活到如今。

"大难不死，必有后福，灵验，灵验。"他又想起了麻衣相师的话，说不定哪天，自己能成为一个大财主。

四

　　四老倌家养着头大黄牛，天刚麻麻亮，兵桃便牵着牛出门。牛吃青草，兵桃割青草。牛吃饱了，兵桃背上一捆青草，牵着牛回家，把青草放在牛栏里，把牛关进栏里。

　　兵桃白天喂牛，晚上和牛睡觉。他的床就做在牛栏上方——用几根硬树棍顶着牛栏两头的墙壁形成一块床板，铺上稻草，再加一床烂棉絮。牛睡下铺，兵桃睡上铺。

　　兵桃白天做功夫累了，天色一昏黑就上床睡觉。夏天，牛栏蚊子多得吓人，兵桃一上床，蚊子便一团一团拥来，一手能抓几个。兵桃只能一边抓蚊子，一边睡觉。

　　冬天睡在牛栏上面太冷，全身冻得筛糠样。兵桃干脆抱来一捆稻草靠牛放着，自己睡在稻草上，身子靠着牛，盖上烂棉絮，觉得很暖和。他就靠着这条牛，平安地度过了一个个冬天。

　　冬天，兵桃一双赤脚，全靠捡别人的旧鞋子才能过。捡的鞋子大都没了后跟，只能跋拉着，整个冬天脚后跟裸露在外，裂着大口，鲜红的血从里面渗出来。秋园最是同情他，只要一见到他，就喊他进屋烤火，还在靠墙边为他设了个固定座位——旧椅子上垫了一个蒲草垫，坐着暖和。到了吃饭时间，就留他吃饭。

兵桃有个尿床的毛病，被尿湿的稻草也懒得晒，久而久之，中间那块稻草就烂了一个大洞，尿就直接流到牛背上。只要看到牛背上有湿印，准是兵桃尿床了。

一天，兵桃很神秘地找秋园要根麻绳，也不讲做什么用。秋园问他要多粗的，兵桃刚好看到墙上挂了根麻绳，便说："这根就要得，我先拿去，明天再告诉你听。"

第二天黄昏时分，兵桃像只甲壳虫样来到秋园家，手里拿着那根麻绳，悠悠地对秋园说："今天又会屙尿在床上，以后还会屙。"

秋园说："昨晚没屙？"

兵桃说："屙了，昨天的试验没有用。"

秋园问什么试验。兵桃说："就是把那根麻绳用死劲缠在鸡鸡上，真是用了死劲，鸡鸡勒红了，勒痛了，尿照样屙得出来。"

秋园想笑，但没有笑，说："千万莫做蠢事了，兵桃。鸡鸡是缠不紧的，要是把鸡鸡勒断了，看你怎么办。等你长大了，自然不会尿床。"

兵桃听了秋园的话，高兴地还上麻绳回去了。

四老倌有三大丘湖洋田，年年要兵桃用锄头一锄一锄翻转，才能插上秧。兵桃站到湖洋田里，烂泥齐了腰子，脸上溅满了泥巴，简直成了一个泥人，刚能看到那双眼睛还在转动。

兵桃挖湖洋田时是不穿裤子的，穿了裤子等泥巴盖住，可惜了。一天，兵桃挖湖洋田回来，觉得屁眼又痒又痛，用手去摸，摸到了一根软乎乎的东西。他以为是条蛔虫，使劲扯出来一看，原来是条黑黑的又大又长的牛蚂蟥。屁眼不停地流着血，平时敢怒不敢言的兵桃暴怒了：他坐在地上，大哭不止，惹得众人纷纷来看。他说，不给裤子穿就不挖湖洋田了。

众人附和着，都说这么大的人了，不给裤子穿是不像样。四老倌在众人的责备声中，终于向兵桃屈服了一回。

五

徐老先生的吝啬是出了名的,在他家做过佃农的人都知道。幸亏有个徐娵驰为人厚道。佃农一般不上桌吃饭,坐在灶间吃饭,徐老先生给他们盛的饭和菜都很有限,往往吃不饱。徐娵驰便将家里的米、油、盐偷偷地送给佃农,以作补偿。凡是在徐老先生家做过佃农的人,都得过徐娵驰的好处。

轮到爱梅当家了,爱梅要比徐老先生、徐正明都吝啬。佃农不但吃不饱饭,连青菜萝卜之类的蔬菜也经常没得吃。佃农收工晚了,爱梅就把一些生盐拌在饭里给人吃。粗盐粒混杂在饭里,嚼起来不停发出咯嘣咯嘣的声音。地方上的人都不喜欢爱梅,背后喊她黄脸婆、吝啬鬼。附近的熟人都不愿给徐家做佃农了。

正月十六上午,秋园带着之骅和夕莹坐在屋檐下晒太阳。头天过的元宵节,晚上下了一场雨,今天就放晴了。

远远看到个男人挑一担箩筐径直朝她们走来,后面跟着个女的,女的旁边还有个上十岁的男孩,看样子是一家人。秋园说:"这一家人到哪里去?才过完年就出门了。"

说话间,那家人已经走到面前,停下来问秋园:"这是不是徐属文老先生家?"秋园说:"是呀,你们是他家亲戚?"男人说:"不是,我们是来给他们做长工的。"秋园说:"这就是徐老先生家,你们把东西放到这里,先进去和他们打个招呼吧。"

一家人把箩筐放下,秋园带着他们经过天井到了堂屋。爱梅连坐都没叫客人坐,只说:"来了就好,天气一转晴就要开始做田里功夫了。"这时,徐嫔驰出来了,连忙说:"正月间里的,来的都是客,快坐,快坐。"又返回屋里端了些花生、红薯片、爆米花、糖粒子放在八仙桌上,泡了几碗生姜豆子芝麻茶,一个劲叫他们吃。徐嫔驰又过来拖秋园。秋园说:"不客气,不客气,我们天天来的。"说着就领姐妹俩回家了。

只过了一会儿,便看到爱梅带着那一家人走出门,一直去到徐家放稻草的两间茅屋前。指手画脚了一阵,爱梅自顾自回家了。

这是两间并排的茅屋，除了堆放稻草外，一些破破烂烂的家具也塞在里面。新来的一家人合力把稻草等杂物挪到别的棚子里，把两间茅屋打扫得干干净净——小小的窗户糊上了黄表纸，屋子角落里用泥砖砌了个小小的灶，灶上放一口小铁锅，又利用屋里的旧家具摊开两张床，一间屋子一张。收拾停当，已是傍晚时分，他们拿出自己带来的米开始煮饭。

这家男主人叫邱子文，堂客姓张名贵芸，儿子叫国臣。

邱子文家就这样成了秋园家的近邻。很快，两家就来往密切。仁受平时不在家，邱子文经常帮忙挑水、劈柴，只要是粗活，就抽空帮秋园做掉。

仁受每次回家，都要找邱子文聊聊天。他告诉秋园，子文这人读了很多书，知道很多事情。邱家原本是个小康之家，只因子文父亲染上了大烟瘾，把家里的田地房屋卖了个精光。两个老人连气带病地先后过世，子文父亲四十多岁时也走了，留下一身债，轮到子文来还。没有办法，子文只好出来替人做长工。秋园说："我也觉得这家人通情达理，对人好，国臣还十分会念书。"

一天，贵婶对秋园说，他们会领一个十岁的细妹子来家做童养媳。秋园说："你们境况这么窘，领什么童养媳呢。"贵婶说："不是我们要领，也是没办法的事。我娘家大嫂的一个亲戚，夫妻双双不在了，留下个四岁多的细妹子。我哥哥看到实在可怜，就抱来带在身边。我大嫂会生，不到两岁就是一个，现在是细伢子一大堆，吃饭时齐哭乱叫，锅头边高高低低站一圈。上次回娘家，哥哥要我把那细妹子带走，算是帮他忙。子文也同意了。"

过了两天，贵婶的哥哥果然领了个细妹子来。贵婶把她带过来，让秋园看看。秋园对贵婶说："这是个好妹子，皮肤眉眼都长得好，一副聪明相。长大了，会是地方上的美人。"

小泉是个苦命伢子，还在娘肚子里，爹就被抓了壮丁，一走多少年没有音讯，至今是死是活也不知道。

小泉四岁那年，油菜花开得到处一片金黄，只要走出门，满鼻子都是油菜花的香味。成群的野蜂子在油菜田里飞来飞去，发出嗡嗡的叫声。油菜开花时，疯狗最多。据说狗在油菜地里伸出舌头时被野蜂蜇了，就会疯。天晴时，狗最喜欢在油菜田里耍疯、追逐、打架，玩累了就趴在地上伸出长长的舌头喘气,口水直往下淌。

村里有几条疯狗。小泉妈出去做事时,就把四岁的小泉锁在房里,怕她出去碰到疯狗。那天,小泉妈照例把小泉锁在屋里,自己掮把锄头去铲田坎。小泉妈铲累了,直起腰来想休息片刻。就在这时,一条疯狗伸出长长的舌头,夹着尾巴朝她跑过来。小泉妈赶快滑到田里,烂泥齐了小腿,还没来得及蹲下,疯狗就在她大腿上咬了一口。

小泉妈吃了好多草药,可半个月后,还是发了病。先是以为受了凉,低烧、头疼,不想吃东西。慢慢地,越来越厉害,怕水、怕风,一看到水就全身抽筋,嘴边老是淌着带泡泡的口水,床上、被子上到处都是。人像疯了样,烦躁得不得了,后来又变得安静了。大家都以为小泉妈会好起来,结果还是死了。

小泉就这样成了邱家的人。贵婶把她安置在国臣那间茅草屋里,让两个十来岁的伢崽睡一床,准备到十六七岁时就给他们圆房。

六

时间一长，小泉跟之骅兵桃们都混熟了，大家一起上山扒柴、打猪草、割牛草。

一天下午，小泉觉得肚子有些疼，趴在床上哼哼唧唧。贵婶进屋去看小泉，看到她裤子上有血，知道她是头一回做大人，就说："小泉莫怕，以后每个月都会有些血来的，来了才会肚子痛，这叫'做大人'。"小泉说："妈妈，好像有东西屙出来了。"

贵婶递过条干净裤子给小泉，要小泉换下裤子给她看。正是夕阳残照时，窗户小，又用黄表纸糊着，看不清楚。贵婶拿着裤子走到窗户边，婆媳俩头挨头地看那东西。看着看着，两人着实吃了一惊。小泉当即吓白了脸，脱口说："我怎么会生只老鼠出来？"随即双手捂脸，倒在床上大哭起来，直把身子哭得一抽一抽的。

贵婶气得像根木头样戳在那里，可这气又不好往哪里出。这事不好怪哪个，要怪就怪自己不该让两个细伢子睡在一张床上。那不是只老鼠,是个只有五寸左右的细妹子,尖尖的头上长着几根稀稀拉拉的黄头发,小眼睛、小鼻子,嘴巴只是一条缝,十根手指头朝里蜷着,手脚还会动。

贵婶走进灶屋去找子文。灶屋里冷火秋烟,子文刚从外面收工回来,正坐在椅子上脱脚上的烂鞋子。贵婶在旧碗橱上拿了张裁剪好的报纸片,又用拇指和食指从竹筒里捻出叶子烟放在报纸上,卷成一根纸烟,这才走到子文面前,一边递过烟去,一边硬堆出笑容来。随后,她又从灶洞里拿出火柴划燃,子文就过嘴巴,把烟点上了,深深地吸了一口。

就在这一瞬间,贵婶说:"小泉生了个细妹子。"

子文"哦"了声。贵婶又说:"只有五寸来长,像只没尾巴的老鼠。"

好比一声炸雷,子文听得清清楚楚。

贵婶接着说:"你看要莫要?要不丢了算了?"她屏住呼吸,大气都不敢出,只等子文发落这个细妹子。

半天,子文开口了:"丢是不能丢的,这是前世造的孽,活该生个怪东西来丢人现眼。带嘛,就只怕带不活……这事谁也不能怪。"

贵婶松了口气，望着子文的眼神里有了点柔柔的光。她说："平常家里的事你都不管，随着我。这回是千不该万不该让两个细伢子早早地困在一起。我真蠢哪，该想到的事冇想到。"

贵婶连忙去找小泉，劝她莫哭了，冇得办法的事，哭坏了身子划不来。贵婶找来子文的一只旧棉鞋，把细妹子放在棉鞋里，正合适。又舀了碗米汤，用棉花蘸着米汤，放在细妹子一条缝似的嘴巴边，发现她会吮吸。自此以后，邱家就这样抚养细妹子。

一家人都想通了：没什么大不了的事，大人过一天，细妹子跟着过一天就是了。小泉又替细妹子起了个好名字，叫人王。只是这名字只有家里人喊，别人不喊。外人都喊她木菩萨。

小泉在自己的上衣上缝了个大口袋，出去做事就把人王放在口袋里，一点也不误事。日子不知不觉过去了，小泉也长大了。自从人王出生后，贵婶就在自己房里给小泉另外搭了张铺，到小泉十七岁这年，邱家就让国臣正式娶了小泉。

贵婶有个侄子叫正凯，从小被日本人弄成了残废，人总是病恹恹的，不能做田里功夫，也不能结婚，便学了个裁缝，衣服做得不错。四十来岁了，仍是光棍一个。

这天，正凯来找贵婶，说："姑姑，让小泉跟我学裁缝吧，女人做裁缝总比做田里功夫省劲些。小泉聪明，学得会。乡里人的衣服容易做，没那么多花样。我这身子，看样子也没几年了。"

贵婶看到自己娘家侄子瘦骨嶙峋，心里好难过。连忙出门称了肉，买了豆腐，还煮了三个荷包蛋，让正凯一个人吃。

一家人在饭桌上决定了，让小泉去跟正凯学裁缝。

小泉只学了一年裁缝，正凯就活了这最后一年。乡里人衣服简单，男的对襟衣，女的大襟褂，都着抄头裤，一式的便装，全用手工缝。一年的工夫，足够小泉把便装衣的手艺学到手，就接了正凯留下的裁缝铺，开始靠给乡里人做衣过活。

不知长沙动物园是怎么知道人王的。一天，来了三个人问路，一路找到小泉这里。小泉把人王关在房里，就是不让人看。

那三人买了好些糖果零食，讲了无数好话，小泉才让他们见了人王一面。他们对人王极感兴趣，开口就出五百大洋。

小泉说："你们就算拿座金山银山来，我也不卖给你们。"

他们又讲了许多好话，说是让人王吃好的、穿好的、住好的，不用做事，只不过让人参观参观，看又看不坏，也不累，几多好！

小泉说："你们就是说出花骨朵来，我也不会听。我不想让我的女儿去现世，我要把她带在身边。"说完，便一个劲地催那仨人走。

俗话说："裁缝不偷，五谷不收。"小泉又是一门心思想赚钱的，她跟别人不一样，她有个人王。小泉二十岁后连生二子，个个正常，还格外端正好看。只有人王，她不得不替这妹子的往后打算着点。小泉为人厉害，一毛不拔，替人做衣服又喜欢偷布。家里乱七八糟，地下、灶台上、椅子上、床前踏板上，到处都是鸡屎。来串门和做衣服的人,连个能坐的干净地方都没有。

小泉自己也知道家里脏,不好意思喊人坐,更不会泡豆子芝麻茶给人喝,只管低头做衣。按湘阴的风俗,不泡茶给客人喝,是最不贤惠的女人。加之小泉平常讲话直来直去,久而久之,地方上的人就有些不喜欢她。她苦做苦抠,几年一过,也有了些积蓄,便买了两亩田。

七

一九四八年中秋,白日里,学生放假,整个学校寂静无声,大门紧关着。

之骅对妹妹夕莹说:"今天是中秋节,我们来吃月饼,吃完月饼就去接爸爸。"

秋园给姐妹俩拿来两个月饼。从集市上买的散装月饼总共四块:之骅一块,夕莹一块,秋园一块,仁受一块。子恒在中学,不回家,便没有月饼吃。秋园又倒了两杯开水来。之骅和夕莹一人占一头,面对面坐在堂屋的竹床上,一口月饼一口水。夕莹说:"月饼真好吃。"之骅说:"妈妈在镇上买的,花掉了五个铜板呢。"夕莹又说:"这开水就是酒,我们喝酒吧。"然后举起杯子来,要和姐姐碰一下。在杯子和杯子要碰到的一刹那,夕莹眼珠子一睃,看到别处去了,嘴里叫着"姐姐看"。

之骅顺着妹妹的眼神看去,只来得及看见墙角猫洞里一只毛蓝布小脚一闪而过。之骅冲妹妹摇摇手,压低声音说:"别作声!肯定是湖北讨饭婆来了,听见屋里有人就要敲门了。"

这时秋园正好进来。夕莹告诉她:"妈妈,别作声,外面有湖北讨饭婆。"

秋园说:"现在禾都收过了,哪里还有湖北讨饭婆?"之骅和妹妹连忙做手势,让秋园莫那么大声,然后附着耳朵告诉她,刚才猫洞里亲眼看到的,有小脚过去!

秋园不作声,立即开门去看。远远近近的,哪有个人影子?更没什么湖北讨饭婆。她觉得事有蹊跷:如今刚打过禾,有饭吃了,哪还会有湖北讨饭婆呢?再则她刚从外面进来,怎么没看见呢?

秋园出门跑到徐老先生家去问有没有湖北讨饭婆来,

答说没有。又到贵婶家去问，也说没有。最后到大门口去张望，路上连人影子都没有。秋园有些不安。

农历八月半，天气少雨，阳光的照耀却恰如其分，亮亮暖暖的，很是宜人。日落之后，渐渐辉煌的月亮印在黛色的夜空里，不知不觉变得圆满无缺。

半夜时分，夕莹说肚子有点疼，拉了几次红白相间的稀便，还不停地打哈欠，似乎睡不醒。过一会儿，秋园摸到床褥湿漉漉的，是夕莹撒的尿。秋园瞬间慌了手脚。夕莹从小就不尿床的，莫不是病得大小便失了禁？

从武昌庙赶回家过节的仁受问："今天都给夕莹吃了么里东西？"

秋园说："除了吃个月饼就是饭菜。"

仁受又转向之骅："今天有冇带夕莹到山上摘么里野菜、路边果子吃？"

之骅说："今天一天都冇上山，冇吃外面的东西。"

秋园忽然想起来，她白天曾到后屋挖了一些黄泥用来团盐鸭蛋。莫不是动了土？要不请个道士来关符？

仁受摆了摆手，似要赶走秋园的无稽之谈，赶紧起身到镇上去请医生。

秋园想起夕莹说的猫洞里一闪而过的那双诡异的毛蓝布小脚，不禁打了个寒噤。

医生还没有到，夕莹就一动不动地断气了。从病到死，她一直安安静静的，没喊过一声，没打开过眼睛……她没力气。

仁受把夕莹紧紧抱在怀里，让夕莹的脸贴着自己的脖子，一只手梳理着她依然如黑缎子般的头发，泪水在脸上横流。

秋园挺着个大肚子，全然不顾自己就要生了，哭喊着，捶打着，撕扯着，恨不得要把自己弄死。之骅的喉咙哭痛了，连话都讲不出来，只死死地抱着秋园，一家人哭成一团。

黑夜渐渐退去，天终于亮了。邱家和徐家听到哭声都过来了，谁都不相信活蹦乱跳的夕莹一个夜晚就死了。

子文好容易掰开仁受的手，一边劝说，一边把夕莹放在一块门板上。秋园哭着给夕莹换上了最好的衣裳。门板由两人抬到山上，从此，山上便有了一座小小的新坟，是夕莹的新家。

夕莹死后,秋园不吃不喝,不停地哭,动了胎气,第二天晚上,肚子开始痛,越痛越厉害。秋园在房里不停地走来走去,全然不顾肚里的胎儿,只一声一声呼唤着夕莹的名字,像一头受了伤的母兽。

秋园的第四个孩子子恕是在夕莹死去十个小时后出生的。乡里人都说这娃崽是夕莹转世投胎来的,劝秋园不必太过悲伤。

死去的夕莹是老三,仁受替子恕起的小名就叫赔三。

第四章

葫泥冲

一

转眼到了一九四九年,新中国成立了,人民翻身做主人。

接着是土改。打倒地主恶霸,分田地。

土改时,因上无片瓦下无寸土,一家人全靠仁受和秋园教书维生,杨家被划为贫民,分到了田,分到了房子,还分到了四分之一头牛和四分之一套农具。

仁受处在极度兴奋之中,在家里喜笑颜开:"大半辈子,冇得一只田角、一寸土地,托共产党的福,终于有了自己的田土。我就是想过一种农家乐的生活,当个农民好自在,可以少和人打交道。这有几好,几单纯。田是刨金板,住在乡里,山清水秀,鸟语花香,种几丘自家的田,就有了饭吃。

民以食为天,没有比吃饭更重要的事了……哎,良田千顷,日食一升;广厦万间,夜眠八尺。我不想发财,更不想当官,只要有口饭吃,有身粗布衣裳穿就行。"

没和秋园商量,仁受便辞了书不教,要重新塑造自己成为一个农民。

接下来是分房子。仁受的举动也颇为怪异。

徐老先生赶在土改前过世了,徐娭馳和徐正明一家被扫地出门,还是邱子文匀了两间茅草房给他们住。乡政府就将徐家的房子分了两间给仁受。可是仁受不肯要,背地里对家人说:"太熟了,不好意思住徐家的房子。"

这就难了。仁受当乡长的时候,乡里大小财主他都是认得的。凡是熟人的房子,他都不好意思住得,想出种种理由拒绝。土改干部最后索性说:"那你自己去物色房子,看中了,就分给你们。"

几经周折,仁受终于在离花屋小学六七里的另一个村子里看中了几间空房。这几间房原是村里一个财主给佃户住的庄屋,仁受很是满意。

秋园实在不情愿,说在花屋小学这边都是熟人,杨姓人家也多，不会欺生，新村子都姓贺，就他们一家姓杨，有事想找个人帮忙都难。

可是仁受偏偏看中了那里，九头牛都拉不转。

一日，仁受领着秋园，之骅驮着赔三，一起去看房子。经田间小路转上傍山小路，山路弯弯曲曲，丘陵连绵起伏，终于到了仁受看中的房子。

还没靠近屋子，一条大黑狗就冲出来，朝他们汪汪直吠。随后出来个五十多岁的娭毑喝住狗。满娭毑个高、小眼，头发朝后梳成一个发髻，戴一个黑布做的绣花箍箍，走起路来铿锵有力，发出一连串咚咚声。

这个屋场叫黄泥冲。近邻就是满娭毑和满老倌。仁受家的屋子与满家紧挨着，仅一墙之隔，有两间卧室、一个堂屋、一间小厨房。屋里很暗，全靠屋顶的明瓦透进来光线。下雨天，屋里定会黑暗且潮湿。

仁受戴着眼镜，穿着长袍，走路笨拙，动作缓慢得像怕踩死蚂蚁一样，碰到人早早就露出谦和的微笑。他平时菜草不分、五谷不辨，完全是个书呆子，又有了五十岁，从头学种田谈何容易。事实证明，种田真不容易，起码没副强壮的身体就不行。不要说犁田、耙田这些技术活,仁受因有疝气痛,不能站久,一般的手脚功夫都做不了。

秋园曾经包过小脚,子恒在读初中,田是怎么也没办法做的。无奈何,只好将田包给了邻居满老倌种。把自己的田包给别人家种,是最最下策的事。别人不会诚心替你种好,而从播种到收割,讲好给多少谷,一粒也不能少。

从犁田到打禾,满老倌都要等把自家田里的事做完了,再来做仁受家的。结果,每一步都赶不上季节,禾长得像荒山野岭的茅草,稗子倒比别人的多。打了禾以后,该还的要还,该交的要交,真是禾镰上壁,就冇饭吃。

幸亏秋园还在教书,花屋小学如今已更名为新民小学。一家五口就靠秋园微薄的工资维持生计,还要送子恒上中学。后来,秋园利用在南京妇女补习班学到的手艺帮人做衣、绣花、打鞋底、做袜底,靠这些缝缝补补的活计来贴补家用。人家给的不一定是钱,也有谷、米、菜、薯、柴……给什么,秋园就要什么。

二

　　仁受明知自己不行,种田的决心却不改当初。他总是避着秋园,企图下田学做事。一次,他悄悄去田里学耘禾——他们的田已包给满老倌种,无须亲自耘禾。等他回到家,简直成了个泥人,连眼镜上都糊着泥巴。

　　仁受坐在椅子上,对之骅说:"快给我看看,我的大拇指缝里又痒又痛。"之骅蹲在地上,把他的大拇指掰开,看到两条黑肥的牛蚂蟥正缠在一起吸血。之骅好容易把蚂蟥捉出来,仁受脚趾缝里的血还在不停地流。之骅把所有怨恨都发泄在这两条蚂蟥身上,拿块石头把它们砸成了肉酱。

　　山分到了每家每户,连扒柴都不能随便到别家山上去扒。仁受家的山本就分得不好,杂柴早就被砍得干干净净。

　　一次,一位好心人让给他们家三十斤劈柴,仁受执意要去担。雨后天晴,路尚未干透,很滑,仁受一下就把脚给崴了。虽然没断骨头,却扭了筋,拖了两个多月才能正常走路。

　　脚一好，仁受又想着出门做事。一天，一大清早就不见了人影，之骅和秋园正要去找，他喜洋洋地回来了，远远就喊道："秋园哎，秋园哎，我起了个大早床，把后背菜地里的草割干净了。"秋园心想：后背菜地里根本没有草，该不是把那块韭菜割掉了？赶紧跑到菜地去看，地里的韭菜果然让仁受铲得干干净净，一根也不剩。

　　仁受的疝气病又发作了，阴囊肿得像个葫芦。痛起来人就像暴怒的狮子，呼天喊地，在床上滚来滚去，这头爬到那头，床板跟着发出咔嚓咔嚓的声音。只要秋园和之骅稍不留神，仁受就往墙上撞，要么就飞快地往门前塘里跑，只想尽快结束这生不如死的痛苦。

　　之骅和秋园只能在一旁陪着哭，毫无办法。后来听人说，用嘴巴含着一口盐水，对着肚脐眼使劲吸，能减轻一些疼痛。每次仁受感觉自己要疝气痛了，秋园就赶快泡一碗盐开水，对着他的肚脐使劲吸，但也没多大用处。

　　每痛一次都要脱层皮。秋园总担心仁受有一天会痛死。于是再苦再累，秋园也不让仁受做重活，砍柴、扒柴、挑水、挖土、种菜这等事从不让他帮忙,尽可能让他多躺在床上,免得气往下坠。

一九五一年,秋园又生了个男孩。仁受替他起了个小名,叫田四,以此纪念他们家有了田。

三

满娭毑喜欢坐人家。自从搬过来,满娭毑每天总要来串一两次门。她一进门,秋园就赶紧烧茶,豆子、芝麻还不敢放少了。满娭毑吃了一碗又一碗,不吃上四五碗,把个肚皮撑得鼓鼓的急着要去屙尿就不走人。

满娭毑告诉秋园,她每天来这里坐是看得起他们家。他们是读书人家,她就是喜欢读书人,一般人家她根本不去坐,看都不看一眼。秋园脸上还得堆着殷勤的笑,唯唯诺诺点着头。

因吃饭都成问题,家里有时没有豆子、芝麻。满娭毑来了，要是没吃上豆子芝麻茶，一副脸瞬间拉得老长，迈出门槛就开始骂人："冇看过咯[1]样不贤惠的堂客，到她屋里坐，连茶都冇一杯喝。冇得豆子芝麻，鬼才相信，还不是舍不得给别人吃。乡里人宁愿不吃饭，豆子芝麻是要买好放起的，来了人客好泡茶。冇看过咯样厉害的堂客！"

秋园听满娭毑骂骂咧咧，只能躲着不作声，然后卖谷卖米也要买点豆子芝麻放到家里。这个满娭毑，实在得罪不起。

满老倌和满娭毑生有二子一女。女儿二菊嫁在离黄泥冲一里地左右的下屋，叫赐福山。二菊白天去赐福山，但每晚都回娘家睡觉，几乎夜夜都有男人来找她。

满家小儿子叫满宝生，满娭毑把他看得十分重。宝生长得唇红齿白，秀气得像个女娃，声音也尖尖细细，人却十分顽劣。他原先在黄泥冲读小学，后来黄泥冲的学堂合并到新民小学里，读五年级的宝生就到了秋园的班上。

一次秋园出了道作文题《我的妈妈》。宝生很快就交了

---

1. 咯，方言，这、这么。

卷，卷子上只写了一句话："我的妈妈皮红肉白角儿尖。"刚刚学过一篇叫《菱角》的课文，其中有句话讲到菱角皮红肉白角儿尖，他就把这话用来形容妈妈。

秋园批评宝生不动脑筋，转天他竟用纸包了一包屎丢在秋园家门口，害得秋园一早起来就踩了一脚屎。

碍着满娭毑厉害霸蛮，秋园不敢作声，只回到屋里急急地把鞋换了，又到塘边去刷鞋。一边刷，一边忍不住埋怨起仁受来："我说还住花屋里那边该有多好！人都处熟了，都是善心人哪……都说远亲不如近邻，这邻居不像个好相与的啊……"

四

到了一九五二年，家里再也送不起子恒读书了，年纪轻轻的他被乡政府叫去当了文书。同年，政府征志愿军，子恒报了名。

子恒不但体检过了，还成了县里第一个空军。秋园得知这个消息，第二天一早就跑到乡政府去找子恒。到了那里，正碰上新兵排队，一个军官模样的人在队列前讲话。原来新兵就要开走了。

秋园靠在乡政府大门的石狮子旁，一等那军官讲完话，便不管不顾地冲进队伍，拖着子恒就往回走。论力气，秋园当然拖扯不过子恒，但子恒不敢太违拗。

一路上，秋园哭着对子恒说："你当兵去了，一时半会儿回不来。你爸爸身体不好，帮不上什么忙，弟弟妹妹都小。你一走，这个家丢下我一个人怎么得了。"

因为是志愿军，政府并不勉强。子恒的参军梦就此破灭。

下半年，东北重工业部来乡里招工，子恒考取了统计班。秋园用同样的理由又一次让他没走成。

后来县上招考新教师和医生，一九四九年以前的医生、教师都要重新考试。仁受认为教师和医生是最好的职业，教师可以培养人才，医生可以救死扶伤，不管哪朝哪代，书都是要人教的，病都是要人看的。医生的话，就算考上了也还要继续读书，家里供不起，也不能很快赚钱。所以，仁受就让子恒去考县教师培训班了。

秋园和子恒一同去县城参加教师考试。黄泥冲离县城有八十里，没有车子，得靠走路。秋园是包过的小脚，脚板心很空，脚背很高，除大拇指外，四个脚趾都挤在一起，走路时大拇指一个劲往前冲。

晚上终于到了县城，在饭店住下。秋园的大拇指打了血泡，血泡磨破了，感染发了炎。十指连心，秋园那晚痛得没睡觉。

第二天，好不容易挪进了考场，脚趾还是痛得钻心，秋园根本无心考试。回程时，子恒扶着秋园，整整走了两天才走到家。秋园的脚足足痛了一个月。

考试结果下来，子恒考取了，秋园落了榜。经过一个暑假的培训，子恒被分配到西乡垸子里的西河坝小学当老师。垸子离湘阴县城八十里路，县城离黄泥冲又有八十里路，子恒只能寒暑假回家。

秋园没有考上公办教师，但新民小学缺老师，她就留下来教书，只是薪水很少。但如果没有秋园这点收入，这个家真不知怎么过下去。

之骅十岁，早就到了读书的年龄。可为了带两个弟弟赔三和田四,读书的事是想也不能想的。除了领两个弟弟,之骅还要洗衣、煮饭、挖土、捡柴、种菜……之骅得让秋园腾出手来干针线活,一家人才能有口饭吃,她必须帮秋园撑起这个家。

晚上和下雨天,仁受会教之骅识字,或念书讲故事给她听。秋园则教之骅搓麻绳、纳鞋底、绣花等活计。

五

秋园当民办教师,拿的也是工分,分得的粮食不够吃半年。全家人仍过着吃了上餐没下顿的日子。秋园白天教书,晚上替人做针线,常常做到深更半夜。

之骅也帮秋园做活:绣鞋面子上的花,绣做嫁妆的枕头套子。枕套上的观音送子、鸳鸯戏水、喜鹊噪梅……都是之骅自己画、自己绣的,活灵活现。村里的妹子都好喜欢,没一个人不夸之骅的。

之骅已经十二岁,还没进过学校门。看到同村的女孩子都快读完小学了,她急得要发疯,跟秋园提了好几次要上学。秋园每次都很耐心地解释,不是不愿意送她读书,只是如今连饭都吃不饱,如果没有之骅在家带弟弟、种菜、搞柴、挑水、洗衣、煮饭,自己就不能去教书,日子就没法过下去。

明知家里是这个样子,之骅读书的欲望还是越来越强烈。

一天傍晚,秋园在坪里架好门板,把衣料放上面替人裁衣。为了节省灯油,天不断黑,秋园是不进屋的。

之骅又斗胆提出要去读书。秋园咔嚓咔嚓剪着布,叹了口气,还来不及开口,仁受突然从灶屋里出来了。他手上拎了把菜刀,扑通一声跪在之骅面前,把菜刀往脖子上一搁,说:"明年再不送你读书,你就用这把菜刀把爸爸杀了!"

之骅看到仁受颤抖的手举着菜刀,头发已经灰白了,棉布褂子上补丁摞补丁,褶头便裤膝盖上的两个大补丁正贴着地面,脚上套着双烂鞋子。之骅一阵心酸,赶紧抬头望天,不让眼泪流出来。当时也呆了,竟不知扶仁受起来。

秋园连忙扶起仁受,说:"何必这样呢?"

谁也不作声。秋园收好东西,一家人进屋吃饭。仁受煮了一锅苋菜粥,鲜红鲜红的,偶尔能看到白花花的饭粒在红汤中闪着光泽。

白天的燥热慢慢散去,屋子侧边墈上的树枝在微风中摇摆着,萤火虫一闪一闪地在头顶上来回飞舞,蟋蟀开始吟唱……但在之骅的记忆中,那个傍晚只有寂静,死一般的寂静。

过去仁受教书时,每个星期回家一次。他很会讲故事,每次回来都要给孩子们讲故事。有时实在没故事可讲,他就装模作样地想呀想,之骅和夕莹就眼巴巴地望着他的嘴。仁受说:"我要讲了,你们听好——故事者,古来之事也。"听到这句话,姐妹俩就大失所望,知道仁受今天真的没故事可讲了。

之骅和夕莹从外面回家,仁受总会从房里奔出来,拿把背面嵌有镜子的毛刷子,把姐妹俩从上到下刷一遍,怕她们身上有灰,不干净。

仁受从没打骂过孩子,也没发过脾气。如今落魄至此,竟因送不起女儿读书而向女儿下跪!之骅被读书的强烈愿望折磨得睡不着觉,一面又心疼父亲,不知如何是好。

过了年不久,秋园把之骅叫到身边,对她说:"你去把屋檐下簸箕里的鸭毛拿到街上卖掉。卖了钱,去买一块写字用的石板,再买一根扎头发的牛筋,要准备读书了。"

之骅好高兴,连忙拿一张旧牛皮纸把鸭毛包好,走上街去。走了十里路,到了一家废品店,想不到鸭毛只卖了五角二分钱。之骅的头发可以编辫子了。她花一分钱买了根牛筋,从中剪开,可以做两根。石板花了两角钱,石笔一分钱。又花两分钱买了个葱油饼,饼有碗口那么大,金黄金黄的,上面粘着葱花,喷香。之骅站在卖饼的老倌子前面,看他把葱油饼放在纸上递过来,口水都要流出来了,恨不得接到手就咬一口。可她忍住了,把葱油饼仔细包好。饼要留给弟弟们吃,剩下的钱要交给秋园。走在路上,之骅无数次地拿出葱油饼嗅闻,口水使劲往喉咙里吞,简直能听到咕咚咕咚的响声。

六

日也盼夜也盼,终于盼到了这一天。

之骅年纪大了,从一年级读起怕是不行,自己也怕羞。经过商量,决定插班读小学四年级第二学期,然后转入完小[1]读五年级。

刚开始读书就是四年级,语文倒还没什么问题,算术就有点难了。一次,算术老师在课堂上出了道题,让做完的同学举手。之骅做出来了,可因为没有把握,便迟迟没有举手。

老师说:"杨之骅没有做出来吧?"之骅脸上火辣辣的,羞得头都抬不起来。

从此以后,除了上茅房,之骅都在座位上做算术题,不会就问。结果,她的算术成绩突飞猛进,每次考试都是头名。

四年级读完就要转入完小,完小离家十二里路,要翻过一座山。

上完小先要考试。考完了,秋园替之骅去看榜。见到榜上杨之骅的名字,秋园就扯了三尺白底起绿格子的洋

---

1. 当时较大规模的乡村小学才设有六个年级,叫作完全小学,简称完小。

布，替之骅做了件褂子。因为急着替人做衣，秋园慌慌张张把之骅的褂子裁错了，穿在身上短了一截，只好用剩余的零碎布接了条边，两边各打了一个褶。此外，之骅还有一条没打过补丁的黑洋布裤。一早，之骅就穿着这身衣服去上学，晚上回到家马上脱下来洗净晾干，第二天又穿着去学校。

九月初，五点多天就亮了。之骅穿着绿格子褂和黑洋布裤，乐颠颠地走在上学路上。天空蓝得耀眼，植物绿得耀眼，山坎上裸露的红土鲜亮得耀眼。提着簸箕捡狗粪的老倌子和看牛的细伢子打着呵欠、抹着眼睛，陆陆续续从家里出来，消失在旷野里。

天气慢慢冷起来了，天亮的时间推迟了。之骅必须天不亮就起床，点燃煤油灯，再把柴火烧燃，随即吹黑油灯。她坐在小矮凳上，仔细往炉火里填进树枝、树叶，柴火不时爆出零星的火花。

锅开了，咕咚咕咚地响着，青青的菜叶和数得清的白饭粒在沸水里上下翻腾。稀饭煮好了，舀出一碗，就着炉火吃起来。为了省油舍不得点灯，炉火将之骅的身影投在墙上，好大好大。

之骅将秋园头天晚上炒好的一碗麦子装进一个小布袋里，放进书包，这是她的中饭。随后背上书包，轻轻地打开门，迈出门去，返身轻轻地带上门，向学校走去。因为没有钟，拿不准时间，有几次走到学校，还没有开门。

为了让秋园腾出更多时间替人做衣，之骅傍晚放学回家，书包一放，换下衣服，就出门去搞柴、挖土、浇菜……直到天黑，再回家炒菜。仁受已煮好了饭。

家里有块肥肉，约莫半块豆腐那么大，每次炒菜前，用它在锅里擦一擦，当是放了油。久而久之，肥肉变成了深黄色，表面薄薄的一层熟了，散发出诱人的香味。每回炒菜，之骅闻着香味都很想吃。一次，她实在馋得不行，就用菜刀切下薄薄的一片，放进嘴里，慢慢地、爱惜地嚼着。本想多嚼一会儿，品尝它的美味，可这片肥肉实在太小太薄，一不留神就滑进了肚子里。

又这样吃了两次，肥肉明显变小了。一天，之骅正在炒菜，秋园进来看到放在灶上的肥肉，说："这肥肉真不经擦，细了好多。"

之骅不敢作声，背对着秋园，装作专心专意地炒菜。

吃过晚饭,之骅和秋园就着一盏煤油灯,替人做针线活:绞衣边、纳鞋底、做袜底。做上一会儿,之骅的呵欠就一个接一个,脑壳朝前栽下去,抬起来,又栽下去……每天都这样和秋园一起做到深更半夜才去睡。

吃不饱加上缺觉,之骅经常头晕眼花、手足疲软、浑身无力,常常一坐下就睡着了。为了不让自己睡着,她自动到教室后面靠墙站着上课。

一天,班主任黎老师走到之骅身边,拍拍她的肩膀。之骅抬起头来,看到是黎老师,一阵紧张,满脸羞愧。

黎老师轻轻地说:"杨之骅,你是不是身体不好,这样没精神?"

黎老师向来对之骅很好,很关心她。之骅便把一切都告诉了黎老师。

黎老师一副好难过的样子,说:"等下替你换个座位,换到靠墙那边去,你靠着墙会舒服些。"

之骅的头慢慢低了下去,喉咙里似乎堵了东西,眼睛里有了雾水。此刻,她才觉得自己好可怜。

很快到了冬天,困难越来越多。早晨起来没有棉袄穿,人冻得瑟瑟发抖,牙齿咯咯响。一天,秋园把之骅叫到身边,从床上拿出块给弟弟们垫尿的烂棉片,安了两根带子,绑在她身上,权当棉袄,外面加件罩衣。

之骅一下子热乎起来了,高兴地说:"好热乎啊!"

秋园说:"想尽了办法,再没别的法子了,只要你觉得热乎就好。"

之骅说:"热乎热乎,今年冬天好过了。"

一天早晨,之骅走到半路上,北风不紧不慢地吹着,忽然下起了好大的雪。远近高低,凡是能接触到雪的地方,瞬间便染成了白色。之骅折了根树枝,不时扑打身上的雪,不让它们停留。若衣服弄湿了,实在没得换。她又脱掉鞋子,塞进书包,光着脚踩在冰冷的雪地上。积雪堆得很快,在她脚底发出喊喳喊喳的响声,她的脚很快就冻麻了。

好容易走到学校,正好碰见黎老师。一会儿,黎老师用搪瓷脸盆端了半盆热水,胳膊上搭条毛巾,径直向之骅走来,说:"杨之骅,快把脚洗了,天气好冷。"望着这样好的搪瓷脸盆,之骅不舍得用,也不好意思用。黎老师说:"还发什么呆,赶快洗呀!水会冷掉的。"在黎老师的催促下,之骅慢慢把脚探进盆里,心头暖暖的,眼眶阵阵发热,但什么话也说不出来。

放学回家时,之骅仍打着赤脚,可不能让唯一一双好鞋打湿。回到家,她烧了一盆好热的水,满以为用滚热的水泡泡,脚就不会那么痛了;谁知冰冷的脚突然遇到热水,真好比万箭穿心,之骅立马痛得大哭起来。

冬去春来,万物复苏。

清晨,之骅赤脚踩在缀着露珠的青草上,高高兴兴地去上学。仰望蓝悠悠的天空,精神抖擞。读书是件多么快乐的事啊!

这天,班主任黎老师和教体育的戴老师带着全班去春游——爬山。早有同学预先将红旗插到了山顶上,旗子在风中飘呀飘。走到山脚下,同学们个个争先恐后地向山上冲去,好比战士抢着占领高地。

爬到山腰,之骅整个人虚汗淋漓,肚子饿得阵阵痉挛,简直寸步难行,只好蜷缩着身子躺在路边的草地上。天气真好,太阳暖和和地照在身上,空气甜丝丝的,微风轻轻从身边吹过。

之骅迷迷糊糊、似睡非睡,有个声音在耳边不断重复着:"我要死了,我要死了,真的要死了!"那声音似乎来自另一个世界。

忽然听到有人叫她的名字,很真切、很清楚。之骅一激灵,睁开了眼睛。只见黎老师站在一旁,正担忧地俯视着她。她本想给黎老师一个微笑,但连微笑的力气也没有了。

黎老师从口袋里拿出一小包饼子,递给之骅,说:"赶快把饼子吃了,会好些的。"

之骅顾不上斯文了,二话没说,接过饼就往口里塞,又伸着脖子使劲往肚里吞。黎老师又取下肩上的军用水壶,递给之骅。之骅仰着脖子,双手抱住水壶咕咚咕咚,感到生命重新回到了身上。

之骅挣扎着想站起来,黎老师说:"别急,还躺一会儿。"她抹着嘴巴,望着黎老师不好意思地笑了。

缓过劲来后,之骅告诉黎老师,自己今天没吃什么东西。家里连一点吃的也没有,要不是哥哥节省钱和粮票给家里,一家人真会饿死。

黎老师听着,点点头,说:"你每次考试都是五分,这学期评到了一块钱奖学金,这钱你莫拿回去好吗?存在我这里，万一下学期家里出不起学费，可以靠它继续上学。下学期就毕业了，你千万要坚持读完啊！"之骅答应了，知道老师是为她打算。

回到学校，黎老师要之骅跟他去吃午饭。老师们吃的是钵子饭，最多三两米。黎老师分了一半给她。吃完那一两半米的钵子饭，之骅完全复原了。

转眼到了寒假，地里的菜吃光了，家里好几天都揭不开锅。看着两个饿极的弟弟，之骅又跑了十二里路，找到黎老师，拿回了那一块钱，用它买了几斤米回家。

完小毕业后，之骅依依不舍地离开了学校。

七

搬到黄泥冲不久，满嫂驰替她的大崽富平讨了一个堂客。

那是农历十一月，天气出奇地冷。一连下了几天冷雨，好容易天晴了，太阳终于从云层里拼命地钻了出来，大地顿时亮堂起来。

这时有顶篾轿子,由两个人抬着,一直走到青石坊坪里才放下。从轿子里走出一个二十多岁的妹子,手里挽着一个花布包袱,由抬轿子的带进了满娭毑的家门。

这妹子就是新娘子——富平的堂客。她长得蛮高,奇瘦,身子扁扁的。皮肤倒还白,可长条脸上没有一点血色。两根长辫子垂到腰际,却并没给她带来一分两分妩媚,横看竖看都觉得是一副可怜巴巴的模样。

新娘子没带一点嫁妆,连起码的提桶、脚盆都冇得。单这点就使满老倌、满娭毑很看她不起。打进门那一刻起,就冇得好样子对她。这是个破落地主的妹俚[1]。父亲抽大烟,哥哥不务正业,将好好一份家产挥霍一空。母亲活活气死了。土改时,一家人被划成破落地主。

新娘子本来有个好听的名字,叫王素云。可自从进了满家的门,"王素云"就被"满春桃"取而代之了。

媳妇进了门,满娭毑就摆起了架子,什么事都不做。春桃从早到晚有干不完的活。在家便是洗衣、煮饭、喂

---

1. 妹俚,方言,女孩、女儿。

猪……还要专心专意给满老倌老两口泡好茶递到手中,再将烟袋送到满老倌手里,点燃纸媒子[1]把烟点着。做完这些,再出门锄草、种菜、砍柴、耘禾……

春桃没有喘息的余地,挨骂是家常便饭,有时还要挨打。富平凡事跟着父母转,一点都不疼堂客,把她看成个外人。春桃在满家的地位连她养的猪都不如。

春桃的日子真是难挨,但又不能回去,回去也无法安身。她哥哥过得叫花子不如,有一餐冇一餐。

结婚几个月后,春桃怀了孕,似乎看到了一线希望,要是这回能生个崽,兴许日子能好过些。

十月怀胎,一朝分娩。那天,春桃发作了,肚子痛得在床上滚。满娭毑装作不晓得。春桃痛得在床上哎哟哎哟地喊。

满娭毑不但不进屋看看,还拿根竹竿子在春桃房间的木格窗上狠狠地敲,边敲边骂:"叫么里?叫么里?谁冇生过崽,就你生崽痛,别人都不痛,怕别人不晓得你在生崽

---

1. 纸媒子,用纸搓成的条状物,即纸捻子。

是不是？想把那些男人都叫来看你分开个胯生崽，蛮好看是不是？真不要脸，贱货！平常扫地不撮稀里[1]，如今稀里堵了胯，生不出来，活该！"

满娭毑骂得不堪入耳。秋园听到了，跟仁受说："看样子春桃要生了……"她踌躇一阵，听春桃喊得瘆人，终于忍不下去，走到隔壁，问过满娭毑，然后进了春桃的屋。

春桃满身汗湿，对秋园说："梁老师，这回我死定了，死了也好，难打磨头[2]。"

秋园说："不怕，生人都咯样痛。快把裤子脱掉，让我看看。"

春桃脱下裤子，毛毛的头发都露出来了。秋园洗净手，凭自己生几个娃娃的经验，将手托在那地方，叫春桃使劲。几把劲一使，毛毛就顺利地生了下来。秋园用旧布缝了个布袋，里面装满草木灰，垫在春桃身下，生产后的血污就流在这个灰袋上。

春桃还冇满月就下了床，屋里屋外地做事。但因为生了个妹子，惹恼了满娭毑，她出门也骂，进门也骂，一天

---

1. 稀里，方言，垃圾。
2. 打磨头，方言，受罪。

好几遍。

"生伢都不会生,生个赔钱货。晓得我们满家男丁金贵,就偏偏不生崽,生个妹子想把我气死。"讲到这个"死"字,满娭毑的确气得厉害,脖子上的青筋突突地跳。

这个妹子满娭毑有碰过。春桃替她起了个名字,叫捡大,意思是捡来一条命。

八

一九五三年,土改复查,仁受的历史被翻检出来,由贫民被改划为旧官吏,成了人民的敌人。

八月底的一天,红彤彤的太阳刚从对门山上爬上来,就见大路上浩浩荡荡一群人向秋园家走来。这些人个个横眉怒目,铁青着脸进门,看也不看秋园一眼,只顾着把屋里东西往外搬。一会儿工夫,就把家给搬空了。这种场面,土改时仁受和秋园见过好多次,心里早就有了底,这叫扫地出门。幸运的是,他们只被"扫地",还没被赶"出门"。

满娭毑手里拿着秋园那个旧钱夹子,翻来覆去地摸着里面的夹层,看得出很失望。仁受一家靠墙站着,口都不敢开。唯一没想到的是,最后满家大崽富平拿出一根棕绳,将仁受五花大绑带走了,丢下一句话:"下午送东西到乡政府去。"

等人走光了,秋园带着之骅开始整理房间。睡房里只剩下一床打了补丁的被子和一些旧衣服,一张像样点的木床被抬走了,只剩下一张很烂的架子床。灶屋里只剩口缺了边的锅子,连像样的碗都拿走了。

中午,一家人都没吃饭,因为吃不下。秋园将仅有的一床被子和仁受的两件旧衣服捆在一起,要之骅去乡政府送给仁受。

仁受被关在一间空房子里,门前有人看守。之骅得到允许,可以把东西送进去。仁受面如土色,瘫坐在屋角,把之骅叫到面前,小声说:"这次我可能会被枪毙。历届的乡长都枪毙了,保长也枪毙了几个。我死了,你们不要难过。我虽没做过迫害老百姓的事,但总是替国民政府做过事,罪有应得。国民党确实腐败,我深有体会。共产党看来是真为穷人、为百姓办事,现在穷苦人都分了田、分了房，人人都有饭吃、有衣穿。人民政府好，你们要听政府的话，千万不要做对不起政府的事。你们的妈妈跟着我冇享过一天福，我很对不起她，只有来世报答。我死了，她更可怜。你们要好好地孝敬妈妈，听妈妈的话。"

仁受这一席话，之骅听得泪流满脸，又不敢哭出声。

没收东西的第二天，满娭毑走到秋园家，气哼哼地说："真倒霉，背了大时，原想有个好邻居，有想到你们是国民党的大官，是么里好人！鬼晓得你们欺压了几多老百姓，剥削了几多老百姓。我们都受了你们的压迫剥削。如今，我们翻了身，不怕你们了，我们要当家做主人，好好地管你们。"又指着秋园说："你一个官僚太太，肯定不是个好人。"

从这天起，之骅和弟弟不敢出门，也不敢到坪里耍。担水、摘菜时宁愿绕圈走山上的野鸡路，除非碰到下雨，山上密密的杂草沾上水珠会打湿衣服，不得已才走和满娭毑家并排的前门。

有一次，秋园出门，满娭毑看到了，大声对她说："旧官吏太太，又要去做么里坏事！看到你我心里都作呕，跟你们这种人住在一起真晦气、真倒霉。"

若是看到之骅姐弟出门，就说："旧官吏的几个崽子又出来了，要去搞么里破坏？"

那阵子，之骅姐弟轻易不出门，把自己关在家里，就像关在笼里的鸡。

九

刚解放那阵，四老倌被划为中农。土改复查，中农上升一级，成了富农。富农也是人民的敌人。宣布那天，众人集中在四老倌的屋门前，等候对他的发落。

不一会儿，四老倌从堂屋里被五花大绑着带了出来，低头站在众人中间。斗争会开始了，第一句话就是问他有多少金子，金子放在哪里。四老倌一口咬定没有，这下激怒了众人。队长叫了声"搜"，就有人从四老倌裤腰上解下由黄变绿的铜锁匙，一窝蜂冲进卧房。

墙边摆了一张旧木床，床上乱七八糟地堆着被子。另一墙边支了块大青石板，上面堆满了大大小小、高高矮矮的坛子、罐子、缸子，装着日用、米面、油盐酱醋等。床角的墙上钉着几枚用竹签做的钉子，钉子上挂着几个包袋，里面是一年四季的换洗衣物。墙角两个大粪桶里的屎尿就快溢出来了，污臭难闻。人们把所有东西挪到堂屋，仔细检查。粪桶叫兵桃倒去了。

哪儿都没有找到金子。有人建议掘地三尺。于是开始挖地，一会儿就在卧房正中央挖了个大坑。四老倌站在一边，老泪纵横。一伙人累得气喘吁吁、汗流浃背，也没找到一颗金子。

人们离开前往卧室门上贴了封条，爷孙俩被赶到茅屋去住了。

直到大黄牛被人牵着离开时，兵桃才一激灵意识到，黄牛也要充公了。他赶紧走到牛旁边，一次一次摸牛的身子，眼泪吧嗒吧嗒掉下来。没有牛了，他这冬天怎么过啊！

晚上继续斗争四老倌。天气出奇地冷，四老倌站在堂屋中间，穿堂风掀起他的长袍，露出了里面的短裤，裤裆耷拉到膝盖，两条瘦瘦的腿就像两根柴棍。他眼里流出浑浊的老泪，时不时举起粗糙的手指抹去眼泪，脚抖个不停。

四老倌说："我实在没有金子啊，就是把我打死，我也拿不出金子。"

众人认为四老倌不老实，有金子不肯交，不受点皮肉苦是不行的。有人抬出一只大水缸，缸里放了条泥鳅，命他脱光衣服去捉这条泥鳅。兵桃突然冲到爹爹面前双手抱住他，不让他脱衣服。四老倌拍拍兵桃的肩膀，说："不怕，爹爹抗得住。"说着脱下棉袍，仔细地披在兵桃身上，又轻轻地说："要是能这样冻死，倒蛮好。"

四老倌站在缸里，浑身抖个不停，牙齿咯咯响，不要说捉泥鳅，连站都站不住。有人把四老倌扶出来，叫他好好想想，想通了，交出来不迟。

后来，天气实在太冷，众人各自散去。

兵桃扶着爹爹回到茅屋里，让他睡在稻草上，又给盖上烂棉絮。兵桃紧靠爹爹躺着："爹爹，有金子就拿出来算了，免得皮肉受苦。"

"兵桃，我哪来的金子，那东西要值多少钱！我只有四大缸粗盐，放在屋背后的薯窖里。"四老倌说着，叹了口气，"都是麻衣相师害的，别人还真以为我有金子呢，才遭此大难。"

干部们三天两头要四老倌交出金子，威胁他说："你再不交出来，不要说我们不讲情面，恐怕又要受皮肉苦了。"

四老倌答："我实在没金子，拿什么东西交。"

某天上午，四老倌被人用麻绳绑住两个大拇指，吊在生产队门前的大樟树下。他呼天喊地，脸上的汗就像下雨样吧嗒吧嗒往下掉，棉袍被汗浸透了，风一吹，浑身打着哆嗦，后来头一歪就昏死过去，什么也不知道了。兵桃几次冲过去想抱住爹爹，每次都被挡了回去。

兵桃看着爹爹，心想：没有人，还要盐干什么？还是救下爹爹这条命要紧。

"你们把爹爹放下来，我知道屋背后薯窖里有东西。"兵桃喊道。

四老倌被放了下来。

众人拿着工具挖薯窖。这薯窖是径直往山里打进去的，足有丈来深，深而窄，只能容下一个人。大家轮流挖，挖到第六个人时，锄头发出了碰到硬东西的声响。最后，队长钻进去小心地把泥巴扒开，原来是只缸。

众人挤在薯窖两边伸长脖子，踮着脚，那阵势就好比迎接上头干部的到来。

队长喊道："靠边点。"

人群自觉向后退去。队长调转身子，把缸朝外一推，它便畅通无阻地滚到禾坪里，碰到障碍才停下来，缸面覆盖的稻草纹丝不动。缸直径约两尺，高约两尺五。这一缸如果都是金子，那还得了，怕是要把整个湖南省都买下来！

队长交代一句："谁也不准动这只缸。"反身进了薯窖，接着挖，一共挖出了四只缸。

这四只缸大小一样、颜色一样，整整齐齐摆在禾坪里。太阳快下山了，由于兴奋和期盼，大家都忘了吃饭。

队长交代大伙回家吃饭，吃了饭赶紧来，人到齐才开缸，又叫来两个社员看住四只缸。

兵桃背着爹爹，一步一步走回茅屋，把爹爹轻轻放在稻草上，盖上烂棉絮，不停喊着"爹爹"，直到爹爹应了一声，才走出去。

不知兵桃从哪里弄来两个鸡蛋煮成荷包蛋，满满一碗，撒上葱花，滴上菜油，油在汤面浮出一片小小的黄圈圈，发出一股香味。兵桃喂着爹爹一口一口吃蛋、一口一口喝汤，一碗荷包蛋很快便下了肚。四老倌伸出舌头仔细地舔着嘴唇。

兵桃肚里发出咕咕的响声。"唉，想不到荷包蛋这么好吃。爹爹，下半年我就买几只小鸡来养，冬鸡下蛋多，明年我们就有蛋吃了。以后你不要下田，在家里烧烧饭、喂喂鸡，我专心出工，多挣些工分……"兵桃轻声细气地和爹爹说着话，他想缠住爹爹，不让他知道众人在挖他的盐。

四老倌用从未有过的温柔眼神看着兵桃说："唉，我死了不要紧，满了花甲，不算短命鬼，就是还有一件事没完成。"

"爹爹，什么事？"

"就是还没替你把堂客讨进屋。你长相不好，又出了这种事，只怕往后难找堂客。"

"爹爹，不想这么多，我二十岁还不到，不急。就是二十岁到了，我也不去想三四十岁的事。"

"兵桃，爹爹最对不起的就是你，我没把这日子过好，真过得不像人样。你跟着爹爹，从小到大没穿过件好衣，没吃过餐足肉,到头来落得这个下场。"说着说着,四老倌的眼睛模糊了。

兵桃聪明,看得懂人意。他伸出糙树皮一样的手替爹爹擦眼泪,说:"莫哭,莫哭,饭是有吃的。以后,我会尽量孝敬爹爹,您老只管放心。爹爹,没有你,就没我兵桃。我两岁多就没了父母,还不是爹爹像养牛样把我带大。爹爹怕我乱跑,犁田时用根粗绳子把我拴在田头的树荫下。绳子结难打,打紧了,怕勒坏我的腰子,打松了呢,又怕我跑出来掉进水里淹死。我记得,小时候我和爹爹睡一张床、盖一床被,靠着爹爹好热乎。长大倒尿起床来了,害得爹爹睡不好觉,才让我睡到牛栏上去,这也不能怪爹爹。"

兵桃忽然压低声音,附着四老倌的耳朵说:"爹爹,我还有一块钱藏在牛栏的墙缝里,原先打算等爹爹不在家时买餐肉吃,是我偷了爹爹几斤谷卖的钱。明天天一亮,我就去镇上替爹爹买斤肉,炖得烂烂的,给爹爹补补身子。"四老倌身子轻轻抖着,嘴巴发出响声,似乎正吃着兵桃炖的肉。

四老倌又轻轻地对兵桃说:"我挂在墙上的烂布包里本

来有五十八元,是留着防老的,有一身新衣是留着装老的,还有一身新衣是留给你相亲穿的,如今都被没收了。"说着,呜呜地哭起来。

兵桃看着爹爹如此伤心,连忙劝道:"莫哭,莫哭,别人听到可不得了。只要留下条命就够了,有什么比命更金贵的呢?爹爹,以后多种些菜、勤割点草,农闲时稀饭煮薄些,多掺和些东西,省点出来换钱,再替爹爹做件装老,再存点钱防老用……我心里早盘算好了。等爹爹百年之后,我会替爹爹操办得风风光光,让村里人看看,兵桃好能干、好有良心,到时还怕讨不到堂客?"一席话把个四老倌讲得眉开眼笑。

兵桃把话讲到这里,眼睛一闭,催着四老倌:"爹爹快困觉,我明天还要起早床去买肉呢。"闭了一会儿嘴,兵桃忽然问:"爹爹,买瘦的还是买肥的?"四老倌说:"买肥的,买肥的,肥的没骨头,油腻腻、滑溜溜,不用太嚼就到肚里去了,留都留不住。"说罢,他嘴巴微微抽动,好像已尝到肉的味道了。

买肉的事商量停当,四老倌闭上眼睛,打算睡个好觉,忽又坐起来,对兵桃说:"薯窖里那四缸盐,不管他们怎整我，你都不要讲出来。等我死了，你就不用花钱买盐了，盐是长期要吃的，一餐都少不了，不吃盐，人没有力气。"

兵桃说："晓得，晓得。爹爹，盐是便宜东西，毛把钱[1]一斤，只怕人家不稀奇。盐又不像肉，可以多吃，吃多了咸死人。我想好了，只要养几只母鸡，一天有两个蛋，就能换到几天的盐，愁什么？喂鸡不花本，有草、有虫，还有田里掉的白捡的谷。"

四老倌明白，兵桃这样子比自己强，什么都想得周到。他赶紧说："兵桃，以后的日子，爹爹不管了，由着你去安排，落得爹爹过个清闲日子。"

"爹爹，盐我是不会讲出去的，只怕众人不死心，要挖薯窖找金子。挖出来就算了，莫放在心上，急坏了身子。没挖出来更好。明早买肉时，我去薯窖边看看。"说完，兵桃又催道，"快困觉，快困觉。"

四老倌很快进入了梦乡，脸上露出笑容，嘴巴微张，估计正做着吃肉的梦吧。

---

1. 毛把钱，方言，一角多钱。

吃过饭，人们陆续来到禾坪里，不少人带了马灯和手电筒，气氛异常紧张。缸面上的稻草被慢慢撕掉，露出了白花花的东西，上面还粘着好多稻草末子。将稻草末子拣掉，看清了，是盐；用舌头舔舔，咸的，真是盐。也许金子就包在盐里面。这盐不知放了多久，成了盐的化石，铁棍撬不开，铁铲铲不动，于是将缸打烂，白花花的盐成了缸的模型，在地上滚来滚去，光滑得连灰都不粘。有人拿来了晒谷的竹垫，把盐模型放上去，用榔头把盐打得粉碎，里面没有黄色的东西。

盐堆在晒垫上，成了一座白白的盐山。大家的兴致荡然无存，盐毕竟是便宜东西。

队长叫人把盐挑到队部，烂缸片挑到背后山上倒掉。做完这一切，只听公鸡报晓，天麻麻亮了。

兵桃起了个大早，先爬到牛栏上，从墙缝里拿出那一块钱，又绕到薯窖边查看。千真万确，盐挖走了。他决心要把这事瞒到底，不让爹爹再伤心，顺手捡起一些烂柴杂草，将薯窖边的新泥盖住，再去镇上买肉。走到山上，看见倒在山边的烂瓦片，他又拖了几捆杂柴，把瓦片盖了个严严实实。

肉买回来了,四老倌边看边摸,赞不绝口:"猪壮、肉肥、皮薄,真是块好肉,会买会买。"

兵桃决心要炖锅好肉孝敬爹爹,自己也搭便喝口汤、吃块肉,只要吃一块。把肉洗净、切好,不大不小、方方正正,放进瓦罐里,先用大火烧开,再用温火慢炖。千万不能烧干汤,汤烧干了再掺水,汤就没了原汁原味。他要格外小心,时不时揭开盖子看看,能闻到一股肉香,这真是件再好不过的事。兵桃几乎忘了他今生今世还是头一次做这事。

十

从仁受划了旧官吏,秋园家被没收东西那天起,满娭毑就再不来喝豆子芝麻茶了。

一天,满娭毑忽然来了,阴着一张脸,对秋园说:"你们进屋的那张门和我们挨得太拢,要改到边上去。要改得窄窄的,不能和我们的大门并排。你们如今成分高,和我们不是一路人,莫害得我们背时。泥木工不要你们请,出一担谷就行。"

秋园说:"满娭毑,我们才抄家几天,饭都冇得吃,哪来的一担谷?改张门怎么要一担谷喽!"

满娭毑说:"我说一担就一担,一粒都不能少,冇得么里价还!"

秋园说:"你把那门钉死好了,往后我们就走后门。"

满娭毑说:"门是非改不可。别人不晓得门钉死了,你们走后门,别人看到的还是门挨门,以为我们关系好,跟你们冇划清界限。咯事冇得么里商量!准备好一担谷,过几天泥木匠要来!"

满娭毑丢下这个话,秋园不敢不理会,可是到哪儿去弄这一担谷呢?仁受还关着,家里快要揭不开锅了,又要平白地拿出一担谷来改门!

那晚,秋园在床上辗转未眠,轻轻地叹气。后来她下了床,走到之骅的竹床边。

秋园说:"之骅,你睡着没?"

"冇睡着。"

"跟你讲件事。"她似乎难以启齿。

"么里事？"

"家里的米都没收了，只剩下斗把米。你哥哥不可能那么快寄钱来，他也负担不起一家子吃空饭的。现在，满娭毑又要一担谷……我想着，除了去找人讨也没别的路可走……"

之骅一骨碌坐起来，说："我同你一起去，帮你拿东西。"

"你不怕丢人？"

"不怕。去讨又不是去偷。徐娭毑划了地主，也带着正明讨饭。"

秋园连夜从仁受的旧裤子上剪下裤腿，缝成两个布袋，袋口穿了一根带子，以便锁紧袋子。

天未亮，秋园就起来煮好了赔三和田四的饭，又趴在他们床前，小声地交代了几句。她拿一个布袋系在之骅的裤腰上，自己也系一个。天刚蒙蒙亮，俩人就上路了。

九月初的早晨，秋高气爽，天空一片湛蓝。连绵起伏的山峦翠绿翠绿。山坡边、田埂上的野菊蓬蓬勃勃地开着金黄色小花。一群群蜜蜂嗡嗡叫着,忙忙碌碌地在野菊花上采花蜜,时而停下,时而飞起。时不时有小鸟扑棱棱地从树林中飞出来,叽叽喳喳地叫着。

秋园心事很重,默默地走着。之骅走在前面,心里沉甸甸的,好似灌了铅,昨晚的勇气一扫而光。她在心里对自己说:"今天不是去走人家,不是去喝喜酒,是去讨饭。"似乎已经看到好多细伢子在追着她们,用瓦片打她们,边打边喊:"叫花子来了,打她们!快捡瓦片打她们!"

走了大概三四里路,秋园带着之骅拐上一条山路。有个叫朱杏梅的女学生住在那里,先去她家探一探。远远就看到朱杏梅家屋顶上炊烟袅袅,之骅想杏梅母亲大概正在灶屋里做饭。

刚走进坪里,一条大黑狗就蹿了出来,汪汪地叫着,样子好凶狠。之骅顺手从地上捡起一根棍子去打狗。她打它退,她停它进。瞬间,之骅觉得自己真正是个小叫花子,因为叫花子都会拖根打狗棍。

听到狗叫声,杏梅母亲从灶屋里急急地走了出来。看到她们,她一边在围腰上使劲擦着手,一边小跑着来迎接,喊声"梁老师",抓着秋园的手便往屋里走。

无论是仁受被划成旧官吏、没收东西,还是满嫂妯喋喋不休地咒骂,秋园从没哭过。她总是对细伢子们说:"我们不哭,懒得哭,哭也有用。"可是此时此刻,秋园泪如泉涌,连忙用手去抹。

杏梅母亲说:"你们的事,我们都晓得了。莫急,莫急,总要过下去的。"

那天没看到杏梅,她去外婆家了。杏梅母亲从田里喊回了正在做事的杏梅父亲,他看到秋园,也劝慰了好一阵,然后去了灶屋里。

不一会儿,之骅和秋园听到了捉鸡的声音。杏梅母亲坚决不让她们走,硬要吃了中饭,让杏梅父亲送她们回家。菜很快就摆上了桌。好大一钵清炖鸡,还有咸鱼、香葱煎鸡蛋、萝卜菜、豆豉炒青辣椒。

菜肴的香味直往鼻子里钻,之骅用贪婪的眼神瞄着桌子。自从仁受不教书后,家里的生活一落千丈,好久好久没看过这么多好菜,口水都快要流出来了。

秋园看到之骅的表情,把她叫到身边,小声说:"妈妈晓得你好想吃,好想吃也不能做出一副饿相。这不是在自己家里,吃饭时定要斯文一些,先不要夹好菜,好菜要等别人喊我们才能吃。特别是那钵鸡,不要用筷子去捞……"

之骅好委屈,准备大吃一顿的念头落空了,剩下的只有斯文。

总算到了吃饭的时候,之骅和秋园先夹萝卜菜吃。之骅感到萝卜菜的味道十分鲜美。家里经常吃没有油的"红锅菜",忽然吃到放了油的炒菜,味道果然不同。我不要吃鸡了,这萝卜菜蛮好吃,她心里想。

秋园对杏梅母亲说:"这萝卜菜是冬天种的,夏天刚过完,怎么就有萝卜菜呢?味道好甜。"

杏梅母亲说:"这叫热水萝卜菜,一旦长出就要赶紧吃,若是生了虫就不能吃了。"

原来秋园也觉得这萝卜菜好吃。鸡肉的香味不停地散发着。杏梅父母不停地喊之骅她们吃鸡肉。秋园嘴上答应,就是不当真吃。之骅一碗饭都快吃完了,还没吃鸡,不晓得什么时候才能吃。当第一碗饭剩下最后一口时,秋园用调羹舀了一块鸡肉,连汤一起倒在之骅的饭碗里,也替自己舀了一调羹。之骅咬了一口鸡肉慢慢嚼着、品尝着。鸡肉真好吃,比萝卜菜还好吃。

吃第二碗饭时，杏梅母亲舀了满满两调羹鸡肉倒在秋园碗里，又替之骅舀了两调羹。秋园将饭和鸡肉吃完，放下筷子，说："我们吃饱了，你们慢慢吃。"又用脚在桌子底下碰了一下之骅，要她莫吃了。

杏梅母亲立刻站起来说："冇吃饱，冇吃饱。再吃一碗饭。"

秋园和之骅一个劲地说："吃饱了，吃饱了。不会客气的。"

之骅偷偷看看桌上，菜还剩了一半多，好可惜。其实她没吃饱。

杏梅父母匆匆地吃完了饭。杏梅母亲走进灶屋，端了一簸箕米出来，问秋园："带了袋吗？"

秋园一下子脸红了，忙从裤腰上解下布袋，双手撑开。杏梅母亲双手端起簸箕，将米倒进袋里，又说："还有袋吗？"之骅立马从腰上解下布袋，秋园帮之骅撑开。满满的两袋米，足有三十来斤。

杏梅母亲给之骅和秋园各泡了杯茶，说："梁老师，我们不久留你们，等下要杏梅爸爸送你们回去。怕你们还要去别的地方，不耽误你们。"

秋园又是一阵脸红，说："不到别处去了。有咯多米，能吃蛮久。只是实在不好意思，多得了你们的。不晓得以后有不有机会报答你们。"

杏梅母亲说："梁老师，千万莫咯样想，人难免有个落难的时候。你千万要耐烦过，细伢子一大堆，就全靠你。以后有么里事再来，不要不好意思啊！"

秋园的眼泪又流了出来。

杏梅的父亲右肩扛袋米，左边腋下夹袋米，飞快地在前面走，和她们保持一段距离。母女俩跟在后面。杏梅父亲一直送到秋园家后门，将米放下走了。他也怕别人看见，说他跟旧官吏家来往。

就这样好不容易搞来了米，交给满娭毑。满娭毑按照她的意思把门改了过来。

过了几天，满娭毑又到家里来了，告诉他们还是不要走前头那张门。后来，秋园和之骅姐弟就不从前门进出了，宁愿走后门，免得撞见满娭毑一家。之骅把背后山上野鸡路两边的杂柴和乱草砍的砍、铲的铲，把路拓宽了一点，让它成了一条名副其实的小路。

十一

仁受被抓走后的第六天傍晚,一个跛子挑着货郎担从小路上走来,一直走到秋园家。秋园吓了一跳,不晓得出了什么事。自从仁受被抓走后,她和孩子们都成了惊弓之鸟。

跛子把担子往房里一放,也不作声。那是一担篾箩子,盖得严严实实。跛子把盖子揭开,露出了针线、顶针、花夹子、糖粒子、哨子等女人和细伢子喜欢的东西。他又把篾箩的隔拿开,下面有一个灰布袋。

跛子把布袋拎出来给秋园,小声说:"梁老师,快拿进去,莫等别人看见了。"又从另一个箩里拿出一只装得鼓鼓囊囊的袋子,说:"快拿进去收好,都是米。"

然后,他才如释重负,把担子移到后门边,一屁股坐在门槛上,累得直喘气。

秋园直道谢,给他倒了一杯白开水,搬块泥砖坐在门边,细声跟他讲着话。

跛子说:"杨乡长是我家的救命恩人,他的恩情,我一辈子都报答不完。"

秋园小声说:"快不要咯样讲,他如今是个旧官吏。"

跛子说:"我不管他旧不旧官吏。我只记得那年三十晚上,别人家里都在放鞭炮、吃年饭,我堂客得病后来又死了,欠了一身账,到了年三十晚上,还有得米下锅。看到一家老的老、小的小,我把心一横,偷都要去偷点东西来让一家人过个年。不晓得杨乡长正住在山起台,我是乱走走到那里去的。看到外面有块墙壁湿乎乎的,我想那里好挖洞,用随身带的短把锄头几下就把墙壁挖穿了。洞不大,刚好能容下个身子,我使劲往里爬,爬进半个身子后,头一抬就碰掉了挂在水缸边的竹筒,嘭一声,好比响了个炸雷……"

秋园捂着嘴巴,生怕自己惊叫出声:"我晓得这回事咯!老天爷……"

那人点点头说:"我当时就说以后再不偷了……后来,七拼八凑了一点钱做起这个小生意,混碗饭吃。如今,总算苦日子熬到头了,解放了,分了田,崽也长大了,有人做田,再也不怕有饭吃了。我挑着担子天天在外面转,昨天才听说杨乡长划了旧官吏、抄了家,晓得你们有困难,就赶紧来了。"

秋园说:"我们如今确实困难,连饭都冇得吃。今天得了你这么多东西,也不晓得今后还得起不。"

跛子说:"快不要讲还的事。梁老师,你要想开些,谁都晓得杨乡长是个大好人,过几天就会回来的,包你冇得么里事。我住的地方离这儿十几里路,以后还会来的。"说完,他慢慢站起来,拿起扁担,挑着货郎担,一跛一跛地走了。

秋园站在门口,久久地望着他,喃喃说:"真是个好人啊!但愿承他吉言……"

第七天上午,之骅正在屋对门挖土种菜,一抬头,看到仁受背着行李从下面路上慢慢走上来。她使劲揉揉眼睛,没看错,真是仁受。之骅拼命跑过去,麻利地接过仁受肩上的东西,喊了声"爸爸",心想:果真跛子说对了,老天爷保佑,爸爸这就回来了。

之骅告诉仁受,满娭毑不让走前门了,要从后门进。然后疯了似的向家里跑去,到了家,上气不接下气地对秋园说:"爸爸回来了!爸爸回来了!"

秋园和两个小的随即往门口跑去。不一会儿,仁受就进了屋,坐在一把烂椅子上。

秋园嘴巴一瘪,轻轻哭起来:"以为今生今世再也见不到你了。"

之骅和弟弟们也跟着眼泪巴巴,不知是欢喜还是伤心。

仁受说:"我的事基本搞清了,都晓得我在地方上没做么里坏事,更没有血债,就把我放出来了。"

十二

一天,满娭毑走到家里,对秋园说:"我们家的大黄狗太凶了,会咬人,别人晚上都不敢到我们家里来坐。我要人家走你家的后门,要是有人敲门,你要去开门。"

秋园还未来得及回话,满娭毑转身就走了。秋园站在屋子中间愣了半天,搞不清满娭毑葫芦里卖的什么药,好一阵害怕,不知又有什么祸事临头。

晚上，刚上床便听到了敲门声，秋园连忙从床上弹了起来，跑去开门。原来是二菊的野男人。他经过穿堂间，径直推开门，走进了二菊的睡房。

从这天起，秋园几乎每晚都要违心去开门，敲门声给一家人带来了莫大的耻辱和痛苦。

日子就在屈辱与痛苦中一天天过去。转眼秋去冬来，天气一天比一天冷，五口之家仅有一床打了补丁的破被御寒，秋园一筹莫展。

一天，仁受跟秋园商量，要秋园去他外甥宜民家一趟。宜民是仁受亲姐姐的崽，做荒货[1]生意。从前，宜民向仁受借过三百块银圆，说是做生意，结果亏掉了。仁受也没要宜民还钱。

秋园带着之骅去了宜民家里，到那儿有整整三十里路。秋园见到宜民，没提从前的事，只说看看他收的荒货里有没有旧棉絮、旧衣服、旧鞋子之类，想要点回去。

宜民说："等吃了中饭，你们自己到荒货里去找，只要

---

1. 荒货，废品。

你们用得上,都可以拿走。"

那天中午,宜民的堂客炒了一大碗萝卜丝炒牛肉,煎了鸡蛋,还做了几样小菜和一大锅白米饭。母女俩没装斯文,饱吃了一顿。

饭碗一放,秋园和之骅就钻进了堆放废品的棚子里。棚子很大,乱七八糟地堆放着各种废物,气味刺鼻。阳光从瓦片的缝隙中照了进来,绿头苍蝇嗡嗡地飞来飞去。母女俩在废物里翻江倒海地找着,泛起的灰尘被阳光一照,棚子里就像下着毛毛雨。

那天收获不小,翻到了一床旧棉絮,看上去还有点白、有点软,还挑了几件旧衣服,捆成一捆。宜民又给了些米和一个小烟筒。母女俩简直如获至宝,拿着这些东西欢天喜地地回到家里。

第二天,秋园和之骅将旧棉絮挂在草地上晒了整整一天,又用棍子抽打了好久,然后就铺在席上。晚上,之骅和弟弟睡在光棉絮上,感觉比睡在稻草上暖和得多。

半夜,孩子们被一阵奇痒搞醒了。秋园爬起来点亮油灯。之骅一看,光棉絮上好像撒满了一层黑芝麻,密密麻麻的跳蚤个个吃得胀鼓鼓的,头钻进棉絮里,屁股露在外面。再看自己身上，已经布满红点、体无完肤，仿佛出了一身麻疹。

秋园一手拿着灯盏，一手拿个缺口的碗。之骅用两个拇指指甲对着跳蚤的屁股一挤，噗的一声，跳蚤就死了，再拣出死跳蚤丢到缺碗里。一阵工夫，碗底就盖满了死跳蚤，两个指甲也染得通红。

每晚都要起来捉一两次跳蚤。有一次，之骅发现两条白虫子从棉絮里钻了出来，虫子大约有一粒大米长，棉线粗细，两头尖尖，在棉絮上扭个不停。之骅心里一阵发麻，怎么也不敢捉。最后秋园拿来两根小棍子将其夹进碗里，虫子还在不停扭动。

老天似乎也有意和他们作对，整个冬天雨下个不停，雨点仿佛将铁板一样黑沉的天幕穿了个洞，风也从洞里钻了出来。细流般的冷风透过门缝吹进屋里，寒气逼人，一家人真是饥寒交迫。

年关逼近，家家户户都在准备过年，秋园一家却经常冇米下锅。

万般无奈，秋园又带之骅悄悄出了门。出去过几次，就有秋园过去的学生晚上偷偷摸摸地送米来，陆陆续续竟收到了满满一箩筐米。秋园把米藏在门背后，上面盖几块烂木板，再堆些破衣烂衫。

离过年还有七八天，子恒从学校里放假回来了。他带回两只鸭子，用报纸包着，还有一些糖粒子和糕点，准备过年吃。

哪知他刚进屋，门吱呀一声，满娭毑就进来了，虎视眈眈。

秋园清楚，若是不送点东西给满娭毑，以后的日子就更没法过了。于是选了一只大的鸭子送给她，糖粒子和糕点也分了一半给她。

富也好，穷也好，日子都是照样过。最难熬的冬天终于过去了。

第五章

賜福山

一

一天，满家的二菊走来家里，样子挺友好。

秋园连忙递上水烟筒和纸媒子。只见二菊左手端着水烟筒，右手拿着纸媒子噗地一吹，纸媒子燃了，冒着火星，点着了烟斗。二菊呼噜噜长吸一口，一双小眼睛飞快地眨着，眼看十分陶醉。

秋园站在一旁悬着心，不晓得又要出什么事，焦急地等着她开口。

一锅烟吸完，二菊才张口说："我娘身体不好，我住在赐福山，照看娘蛮不方便。我想跟你们换换房子。"

秋园一听换房子，好一阵惊喜：真是想都想不来的好事。她忙对二菊说："你真是孝顺，不晓得你打算什么时候换?"

二菊说:"你还不晓得我是个急性子,当然是越快越好。"

秋园说:"反正我家也没什么东西,既是越快越好,我们下午就搬过去,你搬上来住,好照顾你娘。"

秋园家有四间房,二菊在赐福山的房子只有三间。不花一分钱就多了一间房,还能毫不顾忌地和野男人鬼混,二菊心满意足地走了。

在黄泥冲虽只住了一年,秋园却觉得像过了一个世纪。新年刚过几天,一家人便毫不犹豫地搬到了赐福山。

赐福山是一座小小的寺庙,离黄泥冲只过三条田塍,仍在群山之中。一栋泥巴屋子,三面环山,屋子正前方是个禾坪。一只大公鸡带着一群母鸡在坪里追跑,扒拉着浮土,一见人来,咯咯叫声便响成一片。离禾坪百米开外有口泥塘,几只鸭子在塘里戏水,塘水被鸭子搅得浑黄。

走过禾坪就是田垄,田垄夹在群山之间,中间有弯弯曲曲的小路。山虽不高,却也连绵起伏。山上的杂柴几乎砍得一根不剩。那些为数不多不准砍的树,充其量也就一人多高，树上的枝杈被劈得很毒，棵棵都是伤痕累累、可怜兮兮。

二菊的房子原是寺庙西边的三间杂屋，泥砖墙裂着宽缝，一副年久失修、摇摇欲坠的模样。三间房并排，其中一间大一点的做困房，用泥砖砌四个墩，搁上木板，就算两张床；中间那间做灶房，用泥砖砌个灶，再砌个四方墩，上面放几块旧木板，算是张吃饭桌子，然后摆上几把用禾绳缠了又缠、绑了又绑的破椅子。

最后那间只有一米来宽，小得可怜，便做了茅房。

二

庙里只剩一个老和尚。在黄泥冲住时，一家人就认得老和尚，只是冇得太多来往，如今成了近邻。

老和尚俗名叫甘瑞玉，法号叫静明。他年轻时是个好篾匠，做上门手艺。那时他就信佛，到别人家做手艺，随身带个瓦罐子煮饭，只吃自己的光饭，不吃别人的菜，怕沾了荤腥。慢慢地，他佛缘越结越深，便跑到大庙里受了戒，半路出家做了和尚。

一家人同老和尚处得很融洽，之骅经常带着弟弟去庙里玩，不像在黄泥冲，连门都不敢出。庙里摆着观音、如来、十八罗汉，还有一些叫不出名字的菩萨。

老和尚黄皮寡瘦，灰白的光脑壳上，九个白点十分显眼。他生活清苦，炒菜时，一只手抓着油瓶，颤颤巍巍地滴上一滴，生怕失手倒多了。加上老眼昏花，脑壳简直栽到了锅里，整个脸都贴了上去，看着就像是用鼻子嗅闻。

有时也能看到他提个篮子去买豆腐，回来时总是气鼓鼓的。原来菜篮里被人塞进了活蹦乱跳的黄鳝、泥鳅，也有死的。活的要赶紧放生，死的要挖洞埋掉，搞得他手忙脚乱。这都是细伢子们的恶作剧。

熟起来后，老和尚除了念经拜佛，就是来家串门，目的只有一个：开导秋园他们信佛、修来生。

"人活在世上有么里味？饿也饿得死，胀也胀得死，淹也淹得死，烧也烧得死，病也病得死，跌也跌得死。人有么里味？只怪世上人脑壳不清醒，要争名夺利、争长论短，想不到要修来生，脱离这个五浊恶世。造孽啊造孽！"

一次中午过后，老和尚来家，问他们吃了饭没有。

之骅就反问："你吃了吗？"

"还有么里，早吃了。我是过午不食，未必你们还不晓得！"他脸上那种自豪感，好像做了什么了不得的大好事。

老和尚大部分时间都处在饥饿中。一旦吃饭便饥不择食、狼吞虎咽，咀嚼饭菜时发出好大的吧唧吧唧声，别人见了，还以为他吃的是什么山珍海味。

端阳节那天，卖黄鳝的来了。秋园没买，正好老和尚也在场。他好高兴，眼睛都笑成了一条缝，说："黄鳝、泥鳅肚里有好多蛋，吃一次，不晓得要伤几多性命，数都数不清。你们有吃，咯好，咯好，菩萨保佑你们，阿弥陀佛。"

第二天，有人送了斤黄鳝给秋园家，偏偏让老和尚看见了。他喘着粗气，阴沉着脸，气鼓鼓地在秋园家冲进冲出。

之骅学着老和尚的口气问："老和尚，今天么里事得罪了你老人家，气冲冲的？"

老和尚说："杀条黄鳝，一刀下去，血直滴。血滴滴、血滴滴，来世冤孽，何得脱绊？你们就是脑壳不清醒，硬要吃它。"

好心人看到老和尚视力好差，劝他吃点猪油增加营养。老和尚说："斋口吃不得荤，荤口念不得经，咯不是好耍的。"

三

子恒一连四个多月都没寄钱回家，家里就要揭不开锅了。有消息传来，洞庭湖区涨大水，倒了很多垸子，淹死了不少人。而子恒正是在湖区教书。给他写了许多信，都石沉大海。秋园越想越怕，整天如热锅上的蚂蚁，坐立不安。

考虑再三，秋园决定去垸子里找子恒。可她连件不打补丁的衣服都没有，就决定向小泉借几块钱做件衣。

仁受划了旧官吏后，秋园就失去了新民小学的教职，跟花屋那边的来往也少了。这天一大早，她就上路，去花屋找小泉借钱做衣。

　　花屋里物是人非。

　　徐家因为有田有屋,被划成了大地主,花屋被收走了,一家人蜗居在从前邱子文家的茅屋里。徐老先生一直病恹恹的,没几年就死了,倒没受什么罪。徐正明原本就是个桐油缸,肩不能扛、手不能提,眼神又不好,没了田租,一家人就失去了生活来源。正明的妻子爱梅实在过不下这个日子,回了娘家,算是逃条生路。这么一来,就剩下徐娭毑和徐正明母子相依为命。

　　得亏邱子文和小泉常常接济徐家母子。邱家是佃农,解放后分到了田。国臣种田,小泉继续摸黑打滚地给人做衣,日子还过得去。

　　秋园在路上碰到过徐娭毑一次,大吃了一惊。徐娭毑富态的圆脸瘦脱了形,人只剩下一把骨头,风吹都会倒。她左胸缠着一大团破布,整个人向右面倾倒,仿佛失去平衡的不倒翁,跟个老乞婆一模一样。

　　"徐娭毑,你何里变成咯种模样……"秋园一把抓住她的手,哽咽得说不下去。

徐娭毑苦笑，语调平静："唉，也不知前世造了什么孽，这左边奶子上先是长了个疮，敷了些草药也不见好，后来这疮就开始烂，越烂越大，现在总有碗口大了……"

徐娭毑得的其实是乳腺癌。那时人们没这个常识，也没钱看病，徐娭毑只能让奶子烂下去……整个人散发着扑鼻恶臭，去要饭都没人敢拢近。

只有邱家人继续看顾她。子文常常上山采草药，熬成膏，让贵嫂或小泉帮她敷在烂处，再用破布缠住。左边奶子快烂完了，无论是什么草药也起不了什么作用。子文知道，徐娭毑挨不了多少日子了。

徐娭毑自己也知道。她虽然臭不可闻，走路歪倒，竟也保持着一种奇特的尊严——奶子烂成那样，不晓得有多疼，她硬是忍得住，吭都不吭一声，从不在人前喊疼，只是平静地等待死去。

一脸福相的徐娭毑，这辈子实在冇享到什么福。过了不长的日子，她果真死去了。

秋园找到小泉，说想借几块钱做件衣。小泉说："梁老师，从前多承你看顾我，就不要说借不借的话了。我这里有块洋布,是从前一个客人抵工钱放在这里的,你看要得就拿去。"

那是六尺乳白色的洋布,秋园喜欢得不得了,当即再三再四地道谢。秋园一贯穿大襟衣,这回小泉帮她裁了一件开胸衣。秋园在边上看,只见小泉在衣服两边腰子上各打了两个褶,裁了领子,做了扣袖,钉上白色纽扣。秋园第一次穿这种衣,真是洋气得很哩。此后,秋园不但学会了做大襟衣,也会做开胸衣和中山装。

秋园还在小泉那里借了条黑洋布裤子,凑成了一身像样的衣服。又凑了些旧棉花,弹了一床极薄的棉絮,捆好,用一根小扁担穿着,撬在肩上,天不亮就出发了。

四

秋园那天实在走得快,下午两点左右就走完了八十里路,到了湘阴县城,找了个小饭铺住下。买了一小碗稀饭,几口就喝掉了,真是牙齿缝都没塞满。人已精疲力尽,早早就躺下了，想要好好困一夜，第二天还有八十里路要走。

第二天天不亮，秋园就起来，空着肚子上了路。一双包过的小脚又红又肿，一挨地就钻心痛。她咬紧牙关，慢慢地走着。

从湘阴县城到垸子里，过河之后，只有一条没有尽头的河堤。秋园一直走到月亮从云层里钻了出来。清冷的月光照得大地一片惨白，星星越来越多，密密麻麻的，好像蚂蚁在打架。秋园茫然四顾，万籁俱寂，看不到尽头的河堤上没有房屋，没有人烟，只有点点时隐时现的磷火。

孤零零地走呀走，终于看到河堤的坡下有个小茅棚。秋园弯着腰，小心翼翼地挪到坡下棚子边上。就着月光，她看到棚子里铺着稻草，上面坐着一个六十多岁的老倌子，旁边放着一个小炉锅、一双筷子、一只碗。

秋园向老倌子打听西河坝小学还有多远。老倌子说："还有七里路，不过小学已经被大水冲掉了。"

此时，秋园感到寸步难行，肩上的薄棉絮似有千斤重。但听见老倌子说小学已被水冲走，她实在担心子恒的安危，恨不能插上翅膀飞到西河坝。

夜深人静，秋园不辨方向，便请老倌子带路。老倌子提出要两万块[1]，秋园答应送到就给钱。老倌子便接过棉絮，带头爬上河堤，沿着河堤一路向前。路上，老倌子告诉秋园，他的老伴、三个崽、两个媳妇，在此次大水中都淹死了，只剩下他一条老命。

走到西河坝小学所在地，学校已无影无踪，眼前是一个足有六七亩大的水塘。

幸亏老倌子地形人头熟，带着秋园几经周折，终于找到了子恒。他又黑又瘦，整个人都变了个模样。秋园见到他那一刹那，几乎没认出来。子恒见到秋园也愣了半天，做梦也没想到母亲会来找他。

秋园叫子恒给了老倌子两万块，老倌子回去了。

秋园对子恒说："四个多月没收到你的信，实在放心不下，才决定来寻你的。"

子恒说自己根本忘记了时间，不晓得有四个多月没给家里写信。他告诉秋园，倒垸子之前一点预兆也没有，只看到堤外的水越涨越高，政府就组织大家日夜防洪抢险。

---

1. 两万块，相当于如今的人民币两元。

干部、老师、群众苦战十天十夜，都以为隐患皆已排除。刚转到一处高地上，只听得轰隆一声，眨眼间，大堤被冲开一个口子，紧接着，大堤就像撕布一样，几分钟就倒了好长一段……

眨眼间，整个大垸被淹没。无边的绿油油的庄稼不见了，只剩一片汪洋，气势极其壮观。到处都是门板、木箱、木柜、桌椅、板凳……洪水戏弄着它们，时而轻轻托起，忽而重重摔下。猪、狗、牛、羊在水里挣扎，偶而发出哭一般的叫声。

好在多数垸内居民已转移到安全地点，不然不知道要淹死几多人。

子恒安排秋园在一个女学生家里住下。秋园那件乳白色衣服受到了所有女同胞的青睐，好多人来试穿衣服，想以后请裁缝照做。

秋园整整住了二十天，才能下地走路。子恒买了一张到湘阴的船票，把秋园送上了船。

在此次防洪抢险中，子恒被评为模范，光荣地加入了共青团。下半年，子恒调回了家乡，在离家十几里路的一所山村小学任教。

五

秋园走的这二十多天,家里终于一粒米都没了,一家人眼看就要饿肚子。

这天,正喝着稀溜溜的菜粥,之骅对仁受说:"我要出去讨饭,这样饿下去生不如死。出去多少能讨点回来。"

"你一个细妹子出去让人好不放心,万一出个什么差错,真是不得了。还是我去,如今顾不得什么面子了,我有些熟人,多少会打发点。"

"爸爸,不行不行!要是你在路上摔倒了怎么办?发病了怎么办?还是我去。我去邀兵桃,有个伴胆子大些。"

第二天一早,兵桃就来了。之骅背上打了两个补丁的布袋,里面放了一只碗、一双筷子。四老倌给他们一人准备了一根棍子,说讨饭棍讨饭棍,不拿根棍子就不像讨饭的样子,还可以赶狗防身。

之骅走到坪里的时候,仁受手里拿把刷子,从房里追了出来。他操起刷子,把之骅从上到下刷了一遍。

"爸爸,今天不是出去玩,也不是出门做客,是去讨饭,要那么干净做什么?"

"叫花子也要干净点。早点回来呀,莫让家里人担心。"听仁受声音不对,之骅抬头一看,爸爸眼里满含着泪,一副无奈的表情。

"爸爸,不要紧,有人好大年纪都讨饭,我一个细妹子要什么紧!只要有讨就好,或许能讨蛮多东西回来,能吃餐把子饱饭。"

一路上,之骅和兵桃没有目的,哪里有屋就往哪里走。可往往还没走到坪里,就有三四条凶猛的狗跑出来吠个不停,手里的打狗棍根本没用。狗一叫,就有细伢子出来看,一看是讨饭的,就支使狗来咬,狗吠叫得更加凶猛,还作势欲扑。之骅和兵桃只能且战且退,别说讨东西,胆子都吓破了。

好不容易走进一个没有狗的屋场,有个女人坐在门口。之骅和兵桃连忙走过去说:"婶婶,讨点子,讨点子。"她把手一挥:"自己都有得吃,还有把你!到别处去,多走一家。"

之骅和兵桃赖着不走,讲了很多好话。女人有点不耐烦:"冇得把,冇得把,走走。留着口水变尿,好肥菜。"

之骅们又到了另外一家。门口有个五十多岁的妇女,慈眉善目。之骅两眼放光,大声对她说:"婶婶,讨点子,讨点子。随便什么东西把点子我们。"

之骅的衣服虽说打了补丁,但拾掇得很干净,人也长得眉清目秀。那大婶对着之骅上下打量一番,说:"看样子你家是大地主,剥削了好多人吧,活该受罪。"转身走进灶屋,拿了一个菜饼子给兵桃,却没给之骅。

之骅顿时羞得要哭起来了,转身就走。兵桃赶过来,牵着之骅的衣角,一个劲说:"要么里紧,要么里紧!随她去讲!"

最后一家是个男人,他坐在屋檐下,面前放了一篮黄瓜。之骅说:"大叔,讨点子,讨点子,我们一整天都冇吃东西。"

那男的狐疑地问:"你们都是地主阶级吧?"之骅连忙说:"不是地主,不是地主,我们家冇田也冇钱,是贫民。爸爸生病,哥哥要读书,还有两个弟弟,家里吃饭的多,实在冇饭吃,只好出来讨。"之骅伶牙俐齿地讲话,只想讨好他。

那男人从篮里拿出一条老黄瓜，金黄金黄的，一剖两瓣，抠下籽来，放进一只破碗，说得留着做种，然后给之骅和兵桃各人半边黄瓜。两人连连说："劳慰[1]，劳慰。"

讨得半边黄瓜，之骅又问大叔这是什么地方，得知是平江栗山里。之骅又问离湘阴还有多远，听说有二三十里。之骅赶紧把黄瓜放入布袋，转身就走。

边走边问路，月亮已高高升起，洒下柔和的光辉，照着两个匆忙赶路的小小身影。月亮不离不弃跟着他们，他们走，月亮也走。

好不容易回到了家，之骅将那半条黄瓜交给仁受。可怜她一天粒米未沾，全身巴热巴热，脚板发胀。之骅走近水缸，舀了一瓢冷水，咕咚咕咚喝了个够，然后用手抹着嘴巴，勉强对赔三和田四挤出个笑容。这时，仁受从灶屋里端出一碗稀溜溜的菜粥，之骅接在手里，眼泪吧嗒吧嗒地掉下来，整天的委屈尽在其中。

仁受说："莫哭莫哭，赶紧吃完，洗洗睡觉吧。"

---

1. 劳慰，方言，谢谢。

六

一天晚上，一家人躺在床上，被附近山上奇怪的声音吵醒了。那是一种落雨般密集的声音，但明明没有下雨。一早起来，发现屋檐下、台阶上是成堆的绿毛虫。这成千上万的毛虫让人全身直起鸡皮疙瘩。仁受赶紧把它们扫进撮箕。之骅挖好洞，把它们一撮箕一撮箕地倒进去埋掉。

跑上山一看，松树一夜之间只剩下了光秃秃的树枝。没了松针可吃，毛虫成坨成坨地从树上滚下来，掉到地上的毛虫慌慌张张地到处爬，寻找松针。只两天时间，附近山上的松针就吃光了。第三天早上，毛虫一只也不见了，似乎是上天降的孽障害完了人又回天上去了。

此地属丘陵地带，山上除了杂柴，就是松树。每年快入冬时，北风猛吹，松针被风吹落，地上铺着厚厚一层，黄灿灿、滑溜溜的，是很好的燃料。各家各户都要扒许多松针，准备过冬。之骅总是很早起来，用耙子挑着畚箕上山，抢个第一，不要好久就能扒上一担。

虫灾造成了严重的柴荒，有米却没柴煮。山上的杂柴就像剃头师傅剃光头一样，被剃得一根不剩。连田埂和路边的杂草都被割光了。

一天，秋园替人做了一身新衣，换到两升米，决定煮餐干饭吃。可家里有得一根柴。之骅和弟弟上山去捡，只捡了筷子粗的一段树枝。为了煮饭，秋园只好把家里仅有的一张旧竹床打烂烧了。

七

此地水田多，旱地少。秋园那包过的脚不能打赤脚，只能做点旱地上的事。因此，一年到头家里的工分少得可怜，分的粮食也少得可怜。

一天，家里来了个本家，叫杨桂生。他住在平江，离赐福山二十多里路。杨桂生四十出头，长得高高大大，五官也端正。他是个木匠，在武汉一家木器厂做过几年木工，是见过世的精明人。因父母年纪大了，就回了家乡。

杨桂生进门后就不停地打量赔三和田四，还不停地夸兄弟俩长得好。又坐了一阵，他和仁受小声地说起话来："你们生活这么困难，吃了上餐冇得下餐，细伢子们正是长身体的时候，连饭都吃不饱，我看了真觉得作孽。要是信得过我，就让我带一个过去，给我做崽，保管有吃有穿，绝不亏待他，以后也会尽量送他读书。"

仁受听着，没有作声。

过几天，杨桂生又把他的堂客带来了。和杨桂生长得正相反，堂客矮小、干瘦、黑不溜秋。夫妻俩很不般配。这堂客没生育过，家里吃饭的少，日子倒是过得不错。夫妻俩又提出要带赔三或田四做崽，好话都讲尽了。

仁受和秋园当时没答应，直到他们走了，才慎重商量起来。商量来，商量去，秋园也松了口。俩人都认为，杨桂生夫妇都四十出头了，应该是真心想带个崽传宗接代，要是不把崽当人看，又何必要带呢？孩子留在自己身边，也实在可怜。要是带过去，吃得饱、穿得暖，又有书读，倒是件好事。

仁受说："如果真心要带，肯定还会来，再来就答应他们好了。他们也是一片好心。"

过了五六天,杨桂生夫妇果真又来了,看样子是真心诚意要带个崽。秋园对他们说:"两兄弟,随你们选一个。"

田四还不到两周岁,会走路了,特别爱笑,一笑起来两眼弯弯,十分好看。杨桂生夫妇说:"小的带得亲,大的怕带不亲。"就选中了田四。

他们回去时,秋园小声说:"一笔写不出两个'杨'字,都是一家人了,田四过去了,请你们好好待他,以后送他读书。过几天我自己送过去。如今你们就带走,怕他哭,一哭我又心软,舍不得了。"

几天后,秋园用一块旧布包了田四仅有的几件换洗衣物,要之骅驮着田四,说是去杨桂生家里。

二十几里路,之骅和秋园轮流驮着田四。之骅不时从路边摘些野花逗他,田四笑个不停。秋园心事重重,一路上时不时地重复着:"田四,乖乖崽,妈妈是有得办法才走了这步棋。"

中午,杨桂生的堂客炒了一桌好菜,有鱼有肉。之骅仔细地喂着田四，心里好高兴：以后田四有饱饭吃了，有好菜吃了，不用再打饿肚了。秋园动了几下筷子就放了碗。之骅一看，她眼里全是泪。见之骅看，秋园赶紧别过脸去。

吃罢饭，之骅带着田四玩了一阵子，然后抱他坐在椅子上。田四乖乖地在之骅怀里睡着了，睡着了也一副笑微微的样子。

之骅把田四放在床上。秋园站在床边看了半天，心一横，牵着之骅的手去向杨桂生夫妇告辞："托拜你们了。"说完一转身，逃也似的出了门。

之骅走在前面，秋园悄无声息地跟在后面。之骅一回头，看到秋园正在揩眼泪，那条白底带花边的小手帕揩得湿漉漉的。她连忙对秋园说："妈妈莫伤心，隔一个月，我们就来看田四。一个月，一天也不能多。"

回到家里，赔三可怜兮兮地坐在门槛上等她们。秋园走进房里，仁受问："送走了？"

秋园说："送走了。"

没有了田四的家好冷清！一家人就像失了魂，不说话，不做事，呆呆地坐着。

五岁多的赔三坐在地上,把父母和之骅平时给他讲的故事画在一张纸上,因为他不会写字。

吃晚饭时,一家人都不说话。平时,赔三、田四都是之骅带,饭也是之骅喂。没了田四,之骅端起饭碗,喉咙就堵住了,只想哭。

八

一个月好长啊!真是度日如年。

好不容易熬到了那天,之骅天不亮就起来做好了饭菜。吃罢饭,之骅就催着秋园上路,只想早点看到田四。之骅精神抖擞、两脚如飞,走一段就停下来等一会儿秋园。她还沿路摘了一大把野菊花抓在手里,想讨田四喜欢。

快到杨桂生家时,之骅心想:不知田四在干什么,会不会在椅子上放了些玩意,正在那里玩?杨桂生的堂客是不是正抱着田四,哄他睡觉?也许牵着田四的小手,正打算出去坐人家?等田四看到秋园和自己,一定会咯咯笑个不停,把一双眼睛笑得弯弯的。

杨桂生家是独屋,大门虚掩着,之骅的心突突跳个不停。秋园轻轻推开大门,眼前这一幕顿时让她们惊呆了。之骅手里的野菊花一下掉在了地上。

堂屋里八仙桌的桌脚上绑着一把竹椅子,一根布绳子将田四拦腰绑在椅子上。田四闭着眼睛,头一栽一栽地打瞌睡。他头上大概生了疮,敬菩萨的香灰撒了一头,灰在头上结了壳,好像戴了一顶灰帽子。小脸脏兮兮的,前襟湿湿的,粘了些饭渣子。一双白白的小手变得黑乎乎的,指甲里也嵌满了黑东西。小鸡鸡露在裤子外面,紫红肿胀。苍蝇围着他,飞的飞,趴的趴。

不过一个月,田四就面目全非,变了个样。秋园连忙解下田四身上的带子,轻轻地抱起他。田四被弄醒了,一个激灵,睁开惊恐的眼睛。当他看清是秋园时,哇的一声大哭起来,钻在秋园怀里,紧紧抓住秋园的衣服不放手。

三人哭成一堆。

哭了一阵,秋园才抱起田四去找杨桂生夫妇。前前后后找遍了,连个人影都没有。秋园想找点吃的喂饱田四再走,可屋里什么也没有,只在一张桌上看到半瓶芝麻。秋园倒了一点放在之骅口袋里,要她在路上喂给田四吃。

秋园对田四说:"田四,我们回家,再不来了,再不把你送人了,要死也死在一起。"

秋园怕杨桂生夫妇寻人,就去跟附近的邻居打个招呼。一个老娭毑蹒跚地赶过来,愤愤地对秋园说:"你们这家人也是,崽送给谁也不能送给这种人家。再不抱回去,你的崽就会拖死。你看他的小鸡鸡,被鸭子当成尿火虫[1]啄成个么里样子。作孽啊!真作孽!抱来时,一个咯好看的细伢子……你们得了他家多少东西?"

秋园说:"没有得东西。他看我们家困难,冇饭吃,好心把细伢子带过来做崽,说有吃有穿,还送他读书。"

老娭毑说:"杨桂生堂客说,你们得了他们三担谷,花了大价钱。"

回到家里,秋园连忙烧了一壶开水,泡了些艾叶,把田四头上的香灰洗尽,露出了白白的头皮。头顶几个小疮

---

[1]. 尿火虫,方言,蚯蚓。

有些流脓，秋园每天用棉花蘸盐水，洗去流出来的脓水，一分钱没花，不到一个星期就好了。田四很快又长出了黑油油的头发。

此后一直没见过杨桂生一家，他们似乎从这世上蒸发了。

九

满娭毑的细崽满宝生好容易熬到了小学毕业，回到村里，田不想种，事不想做，书也读不进。父母拿他冇法子，只能任他游手好闲在村里浪。

到二十岁，满宝生长成了个高高瘦瘦的后生，一张尖脸，背有些驼。为了讨女人喜欢，他讲起话来有意女声女气，看起女人来色眯眯的。人见人嫌。

满宝生走运是从村里办食堂那会儿开始的。为了支援大炼钢铁，村里办起了食堂，各家的柴米油盐都归了公。

队长带着几个后生满处找铁。满宝生跟着东家进西家出,比谁都积极。见到第一口好端端的锅时,队长还在举棋不定,宝生一锄头下去,一口铮亮铁锅立刻四分五裂,成了几块废铁。宝生说:"有得锅子好,免得大家找借口,回家搞饭磨洋工。我们要全心全意往共产主义跑。"

一天早晨,队长安排全队用粪水给油菜淋肥。那日有大霜。有个社员说:"队长,今天霜太大,早晨泼不得油菜,下午融了霜才能泼。"队长觉得有道理,就决定改为下午泼。满宝生立马跑到乡里,添油加醋地反映情况:"社员拖后腿,做事不积极,不愿出早工。队长不但不批评,还依着他们,早晨油菜就冇泼得成。"

公社从这两回看上了满宝生,觉得他有文化,觉悟高,工作积极,是块好料。于是着意培养他当了积极分子,入了党。二十几岁的后生就当上了生产队长,从此成了村里的风云人物,一天到晚在村里吆喝,队上的事情都要他说了算,就连家里闹矛盾也要请他到场解决。

打完早禾不久,队部接到通知,有检查团来村里检查积肥运动。

高音喇叭连夜响起来:"社员同志请注意,社员同志请注意……"要求社员带好锄头、柴刀,到各个山里去铲草皮、烧火土灰[1]。各人带个火把,先到队部集合。

四老倌轻手轻脚起来,先扎好两个火把,才把兵桃喊醒。兵桃瞌睡蒙眬地擦着眼睛,对四老倌说:"爹爹,我好累,肚子又饿,一双脚硬是冇有一点力气。要是你等下冇看到我,莫着急,我是找地方睡觉去了。"四老倌说:"千万小心,捉到了是要挨斗的。"

祖孙俩一前一后朝队部走去。

到了队部,满宝生要大家把火把点燃,说:"你们不要在一个山坳里磨洋工,沙坡里、丝茅冲、蛇嘴岭……凡是本队的山都可以去,分开行动。

火把燃着红红的火,连成一串,好比几条火龙,向各个山里游去。山里漆黑而神秘,夜来风无头无序地吹,把人们的瞌睡搅得稀薄透明。

四老倌和几个人走到沙坡里。这个黄泥巴山上实在没得草皮可铲,要有也早就铲光了。几个人拄着锄头站在那儿,唉声叹气。

---

1. 烧火土灰,将草皮铲成一堆,其下挖洞,再将枯枝败叶塞入洞中,随后点火烧至成灰。冷却后的火土灰一般用作肥料。

过了一阵，满宝生巡查到这儿，一看大家还没动手，气就上来了，说："真是个木脑壳，没草皮，砍树枝、斫杂柴，都可以烧灰。"

四老倌说："冇得你的指挥，我们哪里敢砍，讲我们破坏森林，这顶帽子戴不起呀。"

宝生不耐烦地说："砍砍砍！"

四老倌又说："光是杂柴，哪里能煨出火土灰呀？"

宝生说："真蠢，什么火土灰不火土灰，只要冒烟就行，烟越大越好。检查的同志还真会跑到各个山里来看吗？"说罢，他眼珠在人群中一扫，说："兵桃呢，怎么不见他？"

四老倌顿时慌了手脚，支吾道："咦，兵桃刚刚还在后面，许是到林子里解溲去了？"

几个人在林子里一顿乱砍，再将砍下的树枝、杂柴搬到空地上，用火把点燃。只听生柴发出噼噼啪啪的响声，浓烟滚滚而上，慢慢和别处的浓烟合在一起，袅袅地升向天空，越升越高，直到和云融合，变得缥缈无痕。

星子渐渐疏落，天色渐亮，鸟雀飞舞。树木、庄稼沾上了露珠，新鲜欲滴。一群人拖着疲惫的身体，摇摇摆摆下了山。

唯有兵桃,那晚他最划得来。当时,兵桃偷偷离开人群,走到晒谷坪上。他看见一床破烂晒垫滚成筒丢在地上,就爬了进去,稳稳当当睡了一晚好觉,连蚊子都找不到他,更别提满宝生了。

十

好容易熬到冬天,各种农活都做完了。不过,修烟家冲水库的战斗却打响了。

修水库之前,满宝生召开了一次全队动员大会。四十多平米的队部大屋摆满了高高矮矮的凳子,男女老幼挤坐成黑乎乎一片。叽叽喳喳的说话声和喀喀喀的咳嗽声此起彼落。男人们用旧报纸卷成纸烟,一下一下地吸着,点点红光在黑暗中连成一条曲折的光带。

满宝生坐在长桌前深思了一会儿,一开口就把大伙吓了一跳。他说:"这次动员会要开七天七夜,目的呢,只有一个,就是消灭瞌睡。"

会场一阵骚动。

"这瞌睡何里消灭喽?我长到六十三岁,还是头一回听到。"一向胆小怕事的长生老倌居然第一个开了口,他是跟坐在侧边的二痞子说的。

"长生老倌,你莫逞能,有本事就问满宝生。"二痞子回答。

长生老倌禁不起他激,干咳了几声,就对着满宝生大声说:"满宝生,这个瞌睡何里消灭?瞌睡长在眼睛里,不困够觉眼睛就打不开,总不会把眼睛挖出来吧。"

大家哄地笑起来。

满宝生不睬长生老倌,只管说自己的:"我这次打算开七天七夜的会,除了带嫩伢细息的堂客们回去,正劳力一律不回家。队上开几天伙食,饭也不用回家吃。这里冇得床,谁也困不成,瞌睡自然就冇得了。不困觉,可以省出好多时间,修水库时好大干快上。"

二痞子看到满宝生未对长生老倌发脾气,胆子大了些,问道:"坐在椅子上可以睡觉啵?"

满宝生说:"坐着闭下眼睛可以,会还是要继续开。要使大家有个思想准备,不要修起水库来,只想回家困觉。我们要抢时间,提前完成任务。"

二痞子没讲两句,痞话就上来了,自言自语说:"七天七夜不跟堂客困觉,咯何得了?"

声音虽细,大家都听得一清二楚,齐刷刷望着二痞子,笑个不停。二痞子一本正经地用眼睛扫着大家,说:"笑么里?有么里好笑?未必你们心里不是咯样想的,只怕比我想得还痞。"

又一阵哄笑。

会议坚持了三天三夜,队部大屋被男人们的卷烟熏得乌烟瘴气。第三天一开始,还有讲完三句话,满宝生的脑壳就在长桌前栽个不停。趁这机会,有人扑在椅背上,有人趴在别人背脊上,偷偷地困觉。满宝生硬撑着,结果越撑越不行,脑壳终于像个黑鸡婆样,停在桌上不动了。

众人见满宝生睡着了,于是放心大胆地呼呼大睡起来,一时鼾声大作,蔚为壮观。

宝生一觉醒过来,样子凶得像只老虎,桌子一拍,说:"开会开会!大家打起精神来,不要再困啦!你们为什么对消灭瞌睡有严重的抵触情绪？只知道困、困、困，不发言，不为修水库献计，一副与自己有得关系的样子……你、你、还有你，讲讲看，到底是什么意思？"

二痞子说："满队长，是你先带头睡觉的呀。你不睡，我们何里敢睡？你趴在桌子上困了半天，还咧着嘴笑，是不是梦见和堂客困觉啦？"

满宝生说："二痞子，你不要耍嘴皮子，我就眯了下眼睛，何里要不得？你这样对抗生产运动，会吃亏的！"

一时间，除了烟雾呛出的咳嗽声，再无人声。

到了第七天晚上，满宝生宣布散会。大家如逢大赦，一个个东倒西歪、跟跟跄跄地回家了。

十一

这年的雪落得早，离腊月还差一天，就下了一场大雪。早晨，之骅开门一看，地上已铺了厚厚一层雪。对门山上，雪裹着松枝，好似开了一朵一朵大白花。野外非常安静，只有雪纷纷扬扬地下着，一连下了两天。

第三天早上，之骅从床上爬起来，发现天晴了。早晨的阳光并不暖和，懒洋洋地照进堂屋。阳光洒在雪上，非常耀眼。之骅眯着眼睛打量，四周仍是一片寂静。

晴了几天，雪开始融化。雪水从屋檐上流淌下来，发出滴滴答答的声音。屋檐上倒挂的冰凌晶莹透明，长的长、短的短，尖尖的好像梭林。细伢们看到这些倒挂凌，好不开心，拿着晒衣的竹竿一阵横扫。冰凌发出一连串清脆的声音，从屋檐上掉下来，跌成几段。细伢们拣着长的含在嘴里，小手冻得通红。

满地的泥泞晒干了，烟家冲水库也正式开工了。

秋园家离烟家冲水库工地有三里多路，除了过一条垄，其余都是傍山小路。满宝生要求大家天一亮就到工地，迟到的要扣口粮。

之骅往往天不亮就得动身。冬夜里漆黑一片，之骅怕鬼，怎么也不敢独自摸黑上路。但她也怕迟到而被满宝生克扣她家的口粮。幸好兵桃天不亮就来叫她一同去水库工地。

平日村里人凑在一起，最喜欢说鬼故事。一次，全队去锄红薯苗。忽然天降大雨，大家跑到一个堆放稻草的茅棚里躲雨，一屁股在稻草上坐下来。

有个叫根华的人，三十多岁，他的堂客生毛毛死了有一个月，他又和大家讲起这件事："要说世上有鬼，我觉得硬是有，我就看到了。我堂客生老三时，我一个通宵冇困觉。第二天下午，我堂客说，'我看你实在想困了，到隔壁房里去躺一下吧，有事我叫你。'我跨过门槛到了隔壁房里，坐到床边眯了下眼睛，迷迷糊糊好像看到少川的堂客手里提了个红布袋经过我面前，对我龇牙咧嘴地一笑，就进了我堂客的房间。就在这时，我堂客大叫一声，我一个激灵，觉得不对头，少川的堂客上半年生毛毛就生死了。我吓得一步跳进房里，还是晚了，我堂客已经死了。"

根华绘声绘色地讲着，听得人毛骨悚然。大雨变成了淅淅沥沥的小雨，鬼故事让本就有些寂寂的茅棚显得鬼气森森。大家都拿眼睛往后看，生怕有什么鬼魅附在身上。

突然，有人尖叫一声："看，讲鬼鬼就来了！"

大家一看，原来是满宝生正从远处向茅棚走来。呼啦一声，大家冲出茅棚，冲向雨中的红薯地。

水库开工那天，锣鼓喧天。山坡上插着红旗，竖着一块块标语牌，上头写着"战天斗地，改造自然；一不怕苦，二不怕死；鼓足干劲，力争上游"等口号。

红旗在寒风中发出噼啪噼啪的响声。满宝生手拿喇叭筒，在工地上巡视，喇叭里不断传出表扬这个、批评那个的声音。好多人的肩头磨破了皮、渗出了血，扁担一上肩，人就一哆嗦。挖土的人站在冰碴子里冻得直打战。

饭送到工地来吃，是每人每顿不到三两米的革新饭[1]。几天下来，大家饿得前胸贴后背，怎么鼓足干劲都无济于事。

之骅和兵桃是老搭档：兵桃担泥巴，之骅上泥巴。黄泥巴粘在锄头上，要费好大力气才能弄下来。畚箕是满地乱丢的，为了让兵桃轻松些，之骅每次都有意拣烂畚箕上泥巴。兵桃一边跑，泥巴一边从烂洞里往下漏，还没跑到工地，泥巴差不多就漏光了。

不久，上面来人检查修水库的进度。

---

1. 革新饭，在蒸熟的钵子饭里掺点水，再蒸一次，以增大其体积。

天上飘着毛毛雪,大家站在齐小腿肚的泥巴里。寒风呼呼吹过,挖土的、担土的、打夯的全被吹得不成人形,头发乱七八糟,脸冻成了灰白色,嘴巴哆嗦得连句话都讲不出。

为了显示干劲足、不怕冷,满宝生派两个人站在路上,一发现检查团的影子,就赶紧叫大家脱掉褂子、打上赤膊。女的穿件洗得稀薄的汗衫,担着泥巴一路快跑,两个奶子吊在胸前,就像藏着两只蹦跳的兔子。

为了抵御严寒,大家不要命地干。坚持了两个多小时后,检查团的同志终于走了。

十二

"大人望栽田,细人望过年。"之骅只能算个半大人,还是想过年。到时,秋园会想方设法煮餐白米饭吃,要是能吃上肉就更好,还能耍几天。只是之骅已经不好意思在三十晚上和细伢子们唱着"三十夜里火,元宵夜里灯"的歌谣，挨家挨户去送恭喜，讨回豆子、薯片、花生、糖粒子之类的吃食了。

过了年，之骅加入了共青团。队上成立了突击队，之骅又参加了突击队。

满宝生要求突击队员走在群众前面，起模范带头作用。他说："你们可以先挖禾草，去年禾草留得长，就是为了沤肥用。"

此时，田里结着厚厚的冰，像面晶莹透亮的大镜子。禾草足有五六寸长，就像无数插着筷子的竹筒摆在一张巨大的餐桌上。

突击队员捐着锄头走到田边，用锄头将冰打碎，再踩下去，冷自不必说。那些大大小小的冰块有棱有角，一脚踩下去，就像有万千把尖刀从四面八方刺向脚丫子。脚虽已冻得麻木，仍能感到阵阵刺痛。有时，水中还会沁出殷红的血来。

之骅的脚划了一道一寸多长的口子，她忍着痛，一锄头一锄头将禾草挖起、翻转、埋进泥里。有水的禾草真是难挖，尽管裤脚卷得老高，仍免不了溅上水。只好把锄头轻轻放下去，两手抓住锄头把，用暗劲把禾草翻转。

收工了，从田里上来，腿脚上粘满烂泥，拖着一双无跟的烂鞋子，呵着一双冻僵了的手。寒风一吹，腿脚上仿佛有无数刀子划过。

秋园被安排在食堂里蒸饭、抹桌子。满婆婆满娭毑管伙食。

柴、米、油、盐在一间房里，米缸侧边放了好几种大小不同的竹筒，从半两到三两。满娭毑每天将各家的米量好，放在一个个搪瓷钵里，钵子上写着名字。各人将自家米分成三餐的量，洗好放到蒸笼里。秋园只管烧火。

满娭毑腰上系条围裙，给每家量米时，随手抓上一把放进围裙口袋里，偷偷带回家去，神不知鬼不觉。

大家端饭时都两眼放光，只想菩萨保佑，饭蒸得又硬又多。饭端在手里，掂了又掂，看有几重；食指按了又按，看是硬还是烂。慢慢地，大伙都觉得这饭不对劲：蒸得少且烂。

"有人偷米。"人们议论纷纷。

满娭毑站在堂屋中间，两手叉腰，大声大气地说："你们莫乱讲，食堂就两个人，不是我偷了，就是她偷了。你们干脆把人讲出来，要不干脆去找宝生把我换掉。你们咯样乱讲真是不好。"

大家一肚子的气，心里明明白白，只是不能讲，真是哑巴吃黄连。没人怀疑秋园。她顶着个旧官吏太太的名分，吃了豹子胆也不敢犯众怒。

仁受由于饥饿，变得干瘦干瘦，脸上现出菜绿色，大部分时间都闷坐着，讲话的力气也没有，简直成了个人影子。

吃饭时，仁受却一反往日的温文尔雅，变得恶形恶状：不怕丑地发出惊人的咀嚼声，眼睛一红，脖子一伸，喉咙里又是一声惊人的咕咚声，吃完还贪婪地望着饭钵，伸出舌头舔了又舔。

青黄不接的时候最是难熬。稻谷开始泛黄，远远望去，好像锦旗上的流苏。

多数人家几天都见不到一粒米。村里人慢慢开始在晚上摸到偏僻的田里去偷谷子。之骅几次要去，仁受就是不让，说不能和人家比，人家成分好。一家人饿得眼冒金星，还要做事，赔三和田四还要上学。真正尝到了饥饿等于活埋的滋味。

之骅下定决心去偷。晚上等仁受、秋园睡熟了,之骅推醒赔三,拿个撮箕就出了门,直奔小水冲里。

那里已是一片黑压压的人头。姐弟俩赶紧走到田里,赔三端着撮箕,之骅对准老禾线双手死劲勒,一勒一把谷,勒了满满一撮箕。别人一袋一袋地勒回家,可惜他们没带布袋。

回到家里,仁受问道:"这谷哪里来的?"之骅如实告诉了仁受。仁受摸着之骅的头说:"爸爸不怪你,可下不为例,还是名声要紧啊!"

将谷倒进锅里,点燃灶火,把谷焙干、焙燥,随后才能脱壳。谷在锅里发出的热气充满了整个灶屋,那股清香似乎手都抓得到。家里没有脱粒工具,磨子也没有,只好把谷倒在桌上,拿升筒在谷子上碾来碾去,碾一阵,簸一阵,总算把谷壳基本上除掉了,只剩下嫩谷子和不够干燥的谷子搞不掉。

早晨,秋园用这米煮了一炉锅饭。家里仅有一些生姜,就把生姜放在碗里捣烂,拌上盐,算是菜。他们正吃得津津有味,子恒回来了。之骅连忙起身,替子恒盛了一碗。

子恒将饭碗端在手里，低着头没吃。一看，子恒眼睛红红的，之骅吓到了。

秋园忙问："出了什么事？"

"饭里这么多谷，你们都吃得下去。天晓得你们饿得好厉害。"子恒哽咽道，说罢大哭起来。

子恒是回家送粮票和钱的。他每天可以分到八两米，每月有三十三块钱工资，每月最少也要节约出十斤粮票给家里。临走时，他把身上所有的钱和粮票都留在家里。

秋园说："你总要留一个月伙食费出来，总不能饿一个月吧！"

子恒说："我不怕，我问同事借得到。这点钱还买不到十碗煮南瓜呢。"

勒了谷的手掌，第二天又红又肿，之骅想拧条毛巾洗脸都拧不得，火辣辣地痛。

有了一点米吃，仁受的精神和脸色都好多了。一家人的心情也好了蛮多。

十三

一天晚上，全家人都在禾坪里乘凉。月亮静静地出现在山头上，门前的樟树将阴影洒在地上和之骅姐弟身上，斑驳一片。田野的风很凉爽，萤火虫闪着亮光在头顶穿梭飞舞。

身上慢慢觉得凉快了。之骅跟仁受带着两个弟弟先进屋，安顿他们睡觉。秋园太累，在竹床上睡着了。之骅想等弟弟们睡了再叫醒她。

把兄弟俩哄睡后，仁受对之骅说："你去场院把椅子搬进来，顺带把你妈妈喊醒，让她回屋睡。"

之骅走到禾坪里，秋园正睡得香甜。之骅把椅子送进房里，返身刚跨过门槛，就见一个黑影子蹿上来，猛扑在秋园身上。秋园惊醒了，拼命挣扎着坐起来，抬手给了那人一个耳光。那人还不放手，撕扯着秋园的衣服。

之骅似懂非懂，不知为什么他们打起架来了，吓得大叫："爸爸！"仁受听见动静，摸着墙出来了。那人这才爬起身,飞快地跑了。

之骅牵着秋园进屋。秋园脸色苍白,使劲咬住嘴唇,她不能哭,怕吵醒两个小的。过了一会儿,她喃喃开腔道:"是富平。"

原来黑影子是满娭毑的大崽富平。他比秋园小几岁,如今是队上的保管员。

仁受一副凶神恶煞的样子,悄无声息地走进灶屋,出来时手拿菜刀和绳子,往秋园面前一丢,吼道:"饿死事小,失节事大。绳子也好,菜刀也好,你去死吧!没死之前,我不想戴绿帽子!"

那一瞬间,之骅对仁受有种陌生感,心中升起了恨意。

秋园一愣,几步退到墙边,背靠着墙定定站着,嘴巴瘪了半天,终于挤出一句话:"你真恶!"无声的眼泪汩汩而下。

之骅气急败坏地向仁受说了事情的经过。仁受呆呆站了一阵,只听啪的一声,他重重地扇了自己一个耳光。随后,他慢慢走向桌子,拿起竹草做的烟斗和纸媒子,放上叶子烟,把纸媒子靠近煤油灯。他双手抖得厉害,好久才点上火,扑哧一吹,纸媒子的明火灭了,冒出点火星,点着了烟草。仁受猛吸一口，腮帮子深陷下去，吐烟时，他起身在房里踱步，一边喃喃地说："这日子冇法过了！这日子冇法过了！"

突然，仁受的怒火又像火山一样爆发了，从不骂人的他居然用粗话骂起人来，然后定定地看着地上的菜刀，吼道："我要宰了他！"

仁受额头冒汗，嘴唇颤抖，样子吓死人。之骅战战兢兢地从地上捡起菜刀放进灶屋。回过身来，看到秋园在帮仁受揩汗，之骅赶紧溜进了自己的房间。

十四

食堂里专门安排了一个人砍柴、供灶。有得柴烧，唯他是问。

砍柴的人姓范，小时候出天花落下一脸麻子，外号就叫范麻子。他嘴唇又厚又宽，笑起来嘴巴有一簸箕宽，牙齿倒是蛮白，头发又黑又粗又硬，剃成齐刷刷的平头。解放前,他在乡公所当过自卫队长,解放后改过自新,一直小心翼翼、老老实实地做人。

食堂的柴烧得快,特别是煮革新饭,一餐饭要烧两餐饭的柴。砍下不久的柴是生柴,要等干了才能烧。食堂闹柴荒,往往是柴还没干或连半干都没有就要烧,烟熏得人睁不开眼,整个食堂里乌烟瘴气。社员们意见很大,骂骂咧咧,一肚子怨气都发泄在范麻子身上。范麻子只是不作声。

一天,范麻子想去跟满宝生反映下情况,看能不能再增加个人砍柴。走到门口,看到满家的狗正在门口吃白米饭,好大一钵饭,比一个正劳力吃得还多。这钵狗饭吊起了范麻子的食欲,他恨不得上去跟狗抢。想想也只能装作没看见,免得惹火烧身,就轻手轻脚地溜走了。

范麻子一天到晚守在山上砍柴,也难保证供灶。山上的杂柴越来越少,凑上一捆都要砍好久。鸡婆树[1]长得倒还可以,树枝很密,两三棵树就能凑一捆。他一下来了主意:

---

1. 鸡婆树,方言,矮矮的松树。

何不先砍些鸡婆树对付对付，解决燃眉之急？于是，他砍了四棵鸡婆树，捆成两捆，分别将扁担两头戳进去，掮在肩上，身子一闪，两捆柴就平衡了，然后忽闪忽闪地朝食堂走去。

半路上，迎面碰到了满宝生，他对着柴担看了又看，说："放下解开。"

范麻子老老实实照做了。

"你砍了鸡婆树。"

范麻子一脸苦相，支支吾吾道："满队长，我也是有办法。这几天柴烧得接不上了，冇得柴进灶，只好先砍几棵鸡婆树应应急。"

满宝生皱了皱眉头，叫范麻子担柴走。范麻子心中一块石头落了地：满宝生没骂他，看样子砍鸡婆树不要紧。哪知他刚走，满宝生就在喇叭里通知晚上开批斗会，说是有人冇改造好，破坏森林，务必把砍鸡婆树的歪风压下去。

晚上，两个民兵用棕绳把范麻子五花大绑，押往队部。半路上钻出一个张跛子，他悄悄地紧跟着范麻子，时不时用那只好脚踢范麻子的膝盖窝。范麻子扑通一声跪在地上，爬起来又走，张跛子又踢，一路跪跪走走地到了队部。

张跛子不是本地人。他过去住在垸子里，三十好几才来队上落户。他说他不喜欢垸子里，那里经常遭大水。好在他没儿没女，有得牵挂。

张跛子六岁时得了小儿麻痹症，左腿肌肉萎缩，又细又短，走起路来一跳一跳，屁股翘得老高。他有张洼脸，眼睛、鼻子、嘴巴都往脸中央凑，挤在一起，两只眼里布满血丝，一天到晚眨个不停。要说丑，他可算队上第一丑。

这个丑人有洁癖。洗衣时，先烧一堆稻草灰，把稻草灰放进桶里用热水泡，再把稻草水倒在一块布上，滤出的净水才拿来泡衣服。这水洗起来有泡泡，滑溜溜的，像擦了肥皂。对张跛子来说，稻草一天都少不得。他用稻草擦桌子、洗碗、洗锅，还把一根稻草缠在手指上当牙刷使。

张跛子的田里功夫也做得细致。他犁一天田，身上从不沾一点泥水；他整好的菜土就像一本书，有棱有角。大家对此叹为观止，不知他怎么会有这样的绝招。

张跛子就是有些下流。夏天他穿一条奇大无比的抄头短裤，歇气时，一只脚搁得老高，裤裆里那物件一览无余。堂客们见他就走。乡里的细伢子们喜欢三五成群在一起耍。张跛子碰到了，就把细伢子的裤子飞快地朝下一脱，一只手装模作样地在口袋里摸刀，一边说："把你的鸡鸡割掉。"他不厌其烦地开这类玩笑，细伢子们嫌死了他，远远望见他就躲。

一天，大家正在队部等满宝生派工。几个四五岁的细伢子在坪里玩，张跛子又故技重演。这时，从一堆柴后面钻出几个上十岁的细伢子，趁张跛子不注意，不费吹灰之力就把他放倒在地，扯下他的短裤做绣球抛，一边说："你喜欢看别人打光胯，看人家鸡鸡，今天让我们看看你的。呸！你那个东西真丑，像个烂棕树蔸。"几句话引得在场的人笑痛了肚皮。

张跛子趴在地上，双手捂着胯，狼狈不堪。一直拖到大家出工，细伢子们才把裤子还给他。

虽说有点讨人嫌，张跛子也算个老实巴交的人，站着不讲，跌倒不响，还有点蠢。那次消灭瞌睡的会议，张跛子正好回了垸子里，没赶上参加，觉得好可惜。歇气时，他免不了就要跟大家讲："七夜不睡觉要么里紧，我可以十天十夜不困觉。我看这瞌睡就是该消灭，人不困觉，不就可以多做一半事吗？真不知是哪个朝、哪个代、哪个懒人开的头。这瞌睡消灭得好。"

队上的人都到齐了,坐了一屋子。范麻子站在前面,张跛子又是一脚,范麻子就对着群众老老实实跪下了,额上的汗一个劲地流,把一脸麻子都填满了。

满宝生说:"范麻子,你晓得你犯了法吗?"

范麻子说:"晓得晓得,我砍了四棵鸡婆树,破坏森林,犯了法。我思想不好,发懒筋。我对不起政府,对不起社员,我以后保证好好做人。"

满宝生说:"看样子,你们这些有改造好的人,不吃点皮肉之苦是不会记事的。"

说话间,一个民兵从门旮旯里拿出早就准备好的狗钢刺[1]。稍有迟疑之际,张跛子一跛一跛蹿到前面说:"你们这些后生家,阶级立场到哪里去了,还心慈手软,等我来。"

张跛子一把拿过狗钢刺,高高举起,一鞭一鞭、稳稳当当落在范麻子背上,就像平时犁田打牛那样。每打一下,范麻子就咬一次牙,慢慢地,他背上沁出一层湿漉漉、黏

---

1. 狗钢刺,即八角刺,其叶片边缘长有刺齿。

糊糊的东西。

张跛子又一跛一跛跳到门外,不知从哪里搞来一张湿漉漉的黄草纸。他叫人将范麻子褂子掀起来,满背的红点点正朝外渗着血。张跛子把黄草纸往背上一贴,范麻子哎哟大叫一声,豆大的汗珠一颗颗往下掉。原来黄草纸是用盐水浸过的。

谁都没想到,张跛子做起这类事也像在做田里功夫,始终不慌不忙、有板有眼。范麻子疼痛难忍,不停地求饶:"老模范,求求你放过我一次,我下次再砍鸡婆树,你杀了我、剐了我……"

十五

办食堂那段时间,自家屋顶上不能冒烟,干部们挨家检查,连晚上也会突击检查。

稻谷成熟时,深更半夜,人们到田里偷点谷,回家后用石头砸掉谷壳,想做餐饭吃,又怕干部来查,就躲在茅坑里，搁几块砖头，放上锅子，煮成半生不熟的饭，拼命吃掉，再将东西转移。

生产队里育红薯秧，红薯上面只盖层薄薄的泥巴，再浇上人粪。有人顾不得粪脏，趁着夜深人静，从土里挖出红薯就往口里塞。结果，育秧的红薯被吃掉很多。

满宝生带着张跛子挨家挨户地查，不查个水落石出就决不罢休。范麻子的斗争会过后，张跛子就被重用了。可是红薯吃进了肚里，再厉害也查不到，只能是无功而返。晚上又开全队大会，满宝生软硬兼施，说谁检举出来，就奖粮食给谁；要是不承认却被查到，就要受罚。他讲了一套又一套，唾沫星子满屋飞，张跛子在一旁忙着敲边鼓。大家还是纹丝不动、闭口不语，满屋人像木头样。

秋园和八嫂驰去给队上的白菜施肥。八嫂驰五十多岁，长得五大三粗，一辈子没生育过，丈夫几年前去世，如今是个孤寡人。

八嫂驰对秋园说："梁老师，我们各人搞点白菜回去吃。"

秋园说："我成分不好，不敢搞，要搞你搞，我不会讲出去的。"

八娭毑麻利地拔了一把白菜放在地上。秋园心想：八娭毑胆子还蛮大，只是怎么带得回去呢？

收工时，只见八娭毑飞快地解开抄头裤，将白菜往裤裆里一塞，又飞快地系好裤子，将裤裆拍拍平，挑起尿桶就走。她昂着头，本想大步流星朝前走，无奈裤裆里有把白菜，必须收敛步子，否则白菜会从裤脚管里掉出来。她先将大步改为小步，后来大概白菜有些下滑，又将小步改成碎步，很是艰难地走回了家。

这一幕真把秋园看呆了、看傻了。

十几天后，八娭毑疯了。她疯得算斯文，不哭不闹，衣服还干净，头发也梳得整齐，只是遇到人就重复两句话："我好饿，给我碗饭吃吧！我好饿，给我碗饭吃吧！"那双渴求的眼睛让人看了心里发颤。

八娭毑疯虽疯，倒没饿死。数年后，饥饿缓解了，八娭毑进了五保，有饭吃，有衣穿，病也好了不少，再不乱跑了。但时不时仍会说："我好饿，给我碗饭吃吧！"

打了禾以后，队上的细伢子如开了笼的鸡，争先恐后跑到地里去捡稻穗。捡了稻穗,再捡两块石头,把稻穗放在一块石头上,用另一块将谷壳砸掉,又用嘴将谷壳吹飞,接着立马将生米塞进嘴里,直咬得腮帮子发痛,嘴角流出白水水,最后使劲咽进肚里。

细伢子们个个低着头,直勾勾地盯着田里,生怕错过根稻穗,捡到一根就面露喜色,稚嫩的眼睛闪闪发亮。他们可以在田里待上大半天,捡了砸,砸了吃,孜孜不倦、持之以恒。

一天,全队人在田里做事,忽然听到一个角落里传来不管不顾的呻吟声,十分刺耳。人们循声找去,原来是长根老倌在那里屙屎。他拱着屁股,双手撑地,黄豆大的汗珠不断从脸上滚落,将泥地都弄湿了一片。

二痞子说:"长根叔,你怎么啦?"

"我屙不出屎啊!我不舍得把谷办成米,就连谷壳一起磨成粉,煮成糊糊吃。可肠子消化不了啊!现在堵住了屁眼,就是屙不出……"

大家面面相觑:这次分的一点谷,人人都是连壳磨成粉吃的,谁都逃不过这一劫啊!二痞子连忙找了根棍子,一下一下帮长根老倌把屎从屁眼里拨出来。

后来几天，人们连躲都不躲了，就在田边上拱起屁股，你帮我拨，我帮你拨，连羞耻都顾不得了。有些人连血都拨了出来。人们脸色惨白，面无表情，唯有哎哟哎哟声不断传入耳中。

好一点的草都被吃光了，往往转悠上半天都找不到一丁点能吃的，人却拖得精疲力竭、步履艰难。谁都不愿等死，为了活命，有人开始吃黄芩楂籽[1]和蓖麻籽。黄芩楂籽极苦，蓖麻籽又有毒，两样都难以下咽。要是能挖到点腐烂的菜菀煮熟，都能吃得津津有味。

后来，就连黄芩楂籽和蓖麻籽都弄不到了。

食堂实在没东西煮了，只得解散。最后一餐饭是将稻草洗净，铡成寸把长，放进锅里煮。锅里不断冒着热气，灶屋里充满了苦涩的味道。稻草煮烂后，用竹箕过滤，将过滤出来的稻草水再放进锅里煮，煮得有点浓稠了，就分给大家。男劳力一饭碗，妇女、老人、小孩只分到半碗。

---

[1] 楂籽，方言，黄芩的籽实。

那东西就像黄绿色的鼻涕一样难看,味道也又苦又涩,不是饿极了是吃不下肚的。

十六

水肿使仁受渐渐成了一个"阔佬",棉布对襟褂子扣不拢,脸上泛着青白色的光,挺着个大肚子。

有人暗地里对秋园说:"杨老师不是病,是饿成这样的。要是能买只鸡给他补补,增加些营养,保管会好起来。"

事情也凑巧。有一天,秋园带上家里仅余的钱,预备去集镇上给仁受买消肿药。走在一条傍山的小路上,后面来了个老倌子,手里提只黑鸡婆。

秋园心想:要是能买到这只黑鸡婆就好了,黑鸡婆最补。她便试探着问:"老人家提只鸡,是去走亲戚吗?"

"不是,想到集镇上去换几个油盐钱。"

"就卖给我好吗?"

"自然可以。你是买鸡吃吗？黑鸡大补，还是有钱人好啊！"

秋园说："连饭都吃不饱，哪里真有钱买鸡。是家里病了人，要救命。"

讲好了价钱，秋园掏出钱一数，还差一块二。秋园说："你老人家行行好，就少要点吧，我已经净水摸鱼了。"

老人说："好事也是要人做的。你买我的鸡，我可以少跑几里路，就算抵消了。"

秋园没了钱买药，大大方方提着鸡回家了。半路上碰到队上的妇女主任，她问秋园："从哪里提只鸡来？"秋园告诉她，路上从一个老倌子手里买的。

秋园回到家，决定让仁受一个人吃下这只鸡。她麻利地将鸡杀了，切成块，放进锅里，添了不少水，想让仁受多喝口鸡汤。先烧旺火，锅开了再用文火煮。鸡肉的香味从锅里飘出来，细伢子们使劲将那香味吸进鼻子。

鸡煮烂了，秋园连汤带肉盛了一大碗端给仁受。仁受看着这碗鸡肉，心里好激动，颤抖着接过去，撰出一块吹了吹，正想往口里塞，筷子忽然停在嘴边。他把全家人叫到身边，非要每人吃一块鸡肉不可。秋园向之骅使了个眼色，之骅就带着两个弟弟捂着嘴巴、咽着口水，逃也似的跑了。

秋园说："这鸡你一个人吃了有用，大家吃了，对谁都没得用。何必呢？你身体好了，我们家就好了，以后再买只鸡大家吃就是，有什么稀奇啰。只是你不能一次吃完，得分成两餐吃，如今五脏六腑都亏空了，一次吃完怕受不了，反倒坏了事。"

这只鸡成了灵丹妙药。过去因为肿得厉害，仁受总觉得胸膛憋闷、腹部胀痛，现在只感到荡气回肠，胸膛和腹部好像空出了好大一块地方。

吃鸡后的第三天晚上，张跛子来通知秋园去队部开会。

秋园走到队部，平常开会的屋里坐满了人。她刚跨过门槛，满宝生就厉声叫道："站到堂屋中间来。"

秋园愣了，一时反应不过来，断断想不到今天是要开她的批斗会。正迟疑着，张跛子在身后重重一推，秋园一个趔趄，差点绊倒。

满宝生说："晓得叫你来干什么吗？"

秋园说："不晓得。"

"你偷了妹莲的鸡婆,是何里偷的?老实交代!"

秋园说:"我冇偷鸡。我去街上买药,路上碰到一个老倌子提只黑鸡婆,我就买了。"随即把买鸡的经过讲了一遍,还讲了老倌子的样子,并要求去找老倌子对质。

"你少花言巧语,谁不晓得你,一贯不老实!"满宝生呵斥道。

秋园气得浑身发抖。

张跛子阴阳怪气地说:"你好阔啊!人家有饭吃,你还有钱买鸡吃。"

说着,他对秋园当胸一推,秋园就从堂屋这头跌撞到了那头。到了那头,有人使力一推,她又回到这头。整个晚上,秋园像个皮球样被人推来搡去,没有停下来片刻。

"一个旧官吏太太,解放咯久了,还冇改造好,偷了鸡还耍赖。不承认就天天抓你来斗,还怕你不承认!"这晚的批斗就以满宝生这番话作为结束。

秋园疲惫不堪地回到家里,头发都汗湿了,湿漉漉地贴在脸上。

仁受见了,连忙问:"出了什么事?"

秋园说:"我买的那只鸡,硬说我是偷的。"

连续几个晚上,秋园都被叫去批斗,但她死也不承认鸡是偷的。于是,她就从屋子这头被推到那头,循环往复。那些天,秋园正好来月经,血顺着裤管滴滴答答往下淌。

斗了六个晚上,那伙人终于觉得腻了,这才罢休。

仁受的身体一天不如一天,渐渐由原来的干瘦变为水肿,肿肿消消,消消肿肿,就这样拖着。

"一肿一消,黄土一堆。"一家人提心吊胆地过着日子,好怕那一天到来。没多久,仁受浑身肿得一按一个手印,还有水渗出来,人已是奄奄一息。

月光从仁受睡房小小的木格窗里透进来,形成一道细细的光柱。随着月亮的移动,光柱也在房里移动,照在仁受白中泛青的脸上。子恒已从学校赶回,一家人围坐在仁受身边。油灯幽幽地亮着,仁受时而睁眼看看孩子们,时而闭眼好似睡着了般安静。也许他已不再留恋这个世界。

痛苦的时刻分秒难挨,时间像蜗牛一样向前蠕动。好不容易盼到了天明,白霜似的日光终于从云层里钻了出来。

仁受脸色泛红,眉目舒展,面带笑容,似乎陶醉在明亮和温暖里。他让子恒扶他起身,示意给他纸笔。笔在纸上艰难地移动着,他写道:"别了!别了!永别了!你们要活下去,不……"

阳光从窗子里照进来,斜射在仁受脸上,将他的脸分成阴阳两半。那"不"字还差最后一点,笔突然从他手里滑落。那一瞬间,仁受的灵魂已离去,只有身体还留在眼前。一抹阳光慢慢掠过房顶,那该是仁受眷恋的灵魂吧。

最最慈祥、从不打骂孩子的爸爸真正走了,真正走了,今生今世阴阳相隔,永不再见。之骅想着这些,心一阵阵地绞痛。

以后的几天,一家人都灰白着一张脸,沉默着,谁都没哭。

这几天,队上共死了九人,茂生父子俩同时饿死了。钉棺材的声音响成一片,加上号哭声,奏响了一首独特的生离死别的交响曲。

仁受被抬到后山上埋了。秋园一下子老了许多,犹如遭了天祸的老树,不断念叨着:"你就这样走了,你是真正脱了身,丢下我们孤儿寡母怎么得了?今后的日子不知怎么过啊!"

第六章

跑

一

　　仁受死了,尽管他早已做不了什么,但仍是尊威严的守护神,守护着秋园和这个家。没有仁受的家更显凄惨,空落落的三间破瓦房仅留下片摇摇欲坠的门板。

　　一天,秋园深思熟虑后对之骅说:"两个弟弟都大了,家里不用你帮忙带人了。你去考学校吧,若能考取,就出去读书。这么小的年纪,做这么重的田里功夫,也挣不到几个工分。留下一条命最要紧,家里有我撑着。"

　　读书是之骅心心念念却好像永远也盼不到的事情,天晓得她多想去念书啊!但家里这种情况又怎能一走了之?她连忙说:"不行不行,我在家里可以做很多事,妈妈可以少吃些苦。"

秋园说:"不必争啦,我早已想好了,就是怕你考不取。"

之骅考取了岳阳工业学校。她既高兴又难过:高兴的是又有书读了,这是做梦也想不来的好事!难过的是接下来家里诸事全要靠妈妈一个人撑着,不忍心啊!

报到前的半个月,之骅常常天不亮就起床,要么出工,要么挖土,要么上山搞柴火,直做到月亮出来才回家……恨不得把家里的事全做完。

终于到了开学那天,秋园早早替之骅做了件白洋布褂子,从头上套下去,不开扣,这样更省布。再穿条黑裤子,清清爽爽一个人。入学通知上说,学校是新办的,为了建设好学校,正式上课前须劳动十天,要自带畚箕、锄头、扁担等工具。之骅带了一担畚箕,把为数不多的行李用布包好,放在畚箕里挑着。

秋园把之骅送到山坳的高坡上。一路上,之骅几乎没开过口。秋园嘱咐什么,她只是不断点头。母女俩走到坡上一棵树下,秋园停住脚步,说就送到这儿。

之骅转过身,眼泪哗哗地流,但还是往前走,走几步就回头,直到看不见那棵树和树下的秋园。

二

之骅去了岳阳,赔三和田四白天上学,秋园出工。包过的小脚不能打赤脚,有人开口闭口便是"没有改造好的旧官吏太太",屈辱的日子沉重得有如泰山压顶。

日子实在难熬,秋园决定回趟洛阳娘家。如今,娘家只剩下大哥秋成,她想去看看大哥过得怎么样。要是能在洛阳找到事做,哪怕是替人做保姆,秋园都愿意。

秋园把去洛阳的打算告诉子恒。子恒教书,住在学校。他说:"妈妈啊,这事只好您自己拿主意了。您的处境实在太难,这日子苦得好似没个头。只是一路上带着两个弟弟,我又不能请假送您去,真不知该怎么办。"说罢,黯然泪下。

秋园说:"快莫哭,快莫哭,你一哭我更难受。这又不是死别,我是回娘家,情况不好就赶紧回来。"说罢,她竭力装出轻松的样子,嘴巴动了动,硬是没能笑出来。

子恒把为数不多的粮票和钱都给了秋园,秋园执意要子恒留点,母子俩推来搡去。子恒哭着说:"妈妈,我给您的东西实在少得可怜,这点钱和粮票能让您在路上少受点苦,我心里也好受些!"

三

走了九十多里路,之骅来到了岳阳工业学校。

报完到便四处转转。离学校不远处有个食品加工厂,生产各种酱菜,也酿酒,长期需要雇人洗菜。加工厂有个很大的厂房,里面隔出数个约莫一米五见方的池子,排列得整齐有致。池里腌渍着萝卜、白菜、雪里蕻等,腌好的菜用个长耙齿勾上来,放在篾箩里沥水,最后装坛和封坛。一年四季都有事做,之骅便与厂子联系好,每个星期去洗菜。

有了这份事,之骅不需要家里寄生活费了,还买来白棉布，给自己缝了换洗衣服，甚至有余钱买了只小巧美观的棕色人造革皮箱。

学校有个图书馆，除了上课，之骅总是去看小说。有时她把小说借出来，躲到学校后面一棵歪脖子树那儿，靠着树干，直到上课铃响才进教室。一日中午，她看完了《寒夜》，眼睛也哭红了。走进教室，同学和老师都以为她遇上了什么麻烦事或伤心事，一个个上前询问。

快乐的日子一年像一天。转眼之骅就上了三年级，和另外五个女生分在酿酒车间的化验室实习。

化验室里有两个老师。王老师三十来岁，能说会道，拉得一手好二胡。他没一点老师的架子，一有空就拿出他的二胡拉起来，周围老围着一圈同学。徐老师二十多岁，人很腼腆，听到女同学笑都会脸红。相比王老师，同学们不太接近他。

大家轮流在化验室值班。值班室的门板只有四分之三高，顶上四十来公分是空的。一日，之骅在值班室的床上睡得迷迷糊糊，只听嘭一声，有什么东西丢了进来。她弹起身，一看地上有本书，连忙捡起来。书名叫《牛虻》，一翻开，里面夹了一封信。

信是爱脸红的小徐老师写来的。他说想和之骅交朋友，"也想帮助你，使你幸福。盼望你的佳音"。之骅拿着信张皇地坐在床沿上。他那么清秀文雅，许多女孩子都会喜欢他吧……之骅根本没有奢望过他会喜欢自己。

第二天，找了个没人的机会，小徐老师红着脸问之骅看到信没。

之骅红着脸点点头，用极小的声音说："我的情况，你一点也不了解。我父亲是旧官吏，我是旧官吏的子女。家里很穷，哥哥原先是小学教师，这学期才调到初中。妈妈原是民办教师，现在在家务农。下面还有两个弟弟在读书。我眼下的任务是读好书，还有一年就毕业了，到时就能参加工作，帮助家里走出困境，现在还不能……"

之骅没说不能做什么。徐老师明白她的意思，说："我等你，我们都年轻，先把这件事藏在各自心里。"

《牛虻》是之骅看的第一本外国小说，真是爱不释手，就像河边的羔羊发现了青草而流连忘返。她把图书馆里的外国小说一本本借出来，喜欢的还要多看上两遍才过瘾。

转眼到了暑假。离校那天，徐老师送了之骅二十多里路。他们都相信很快又会见面的。

暑假过完回到学校,坏消息接踵而来。食品加工厂搬到北门去了,学校在南门,相隔四五十里。学校明文规定学生不准谈恋爱,若不顾校规后果是开除学籍。之骅万万不敢冒此风险和小徐老师通信。

最坏的消息来了:学校要停办!学生一律回原籍。

之骅每个学年都拿头名,结果全无用处。想了几天几夜,她终于做出一个决定:跑!不能再回乡下了,她要到外面去找工作。

一天早饭后,之骅背上平时用的书包,里面装了一身换洗衣服和牙膏牙刷,若无其事地走出校门,直奔火车站。

到了火车站,之骅看看周围,没几个像样的人,也许他们都和她一样准备"外流"吧。可去哪儿呢?湖南和江西是近邻,之骅听说江西要比湖南好。何况她身上只有三块钱,只够买张到宜春的火车票,别无选择。

四

天一亮，秋园就带着赔三和田四，连同少得可怜的几件换洗衣服上路了。

露珠未干的清晨，天高地阔，云淡风轻，微风中荡漾着夏天的气息。母子三人一连饿了几天，肚子空空，身体虚弱，走起路来头重脚轻，直到明晃晃的太阳悬在头顶，才走到湘阴火车站。

火车站里人如潮水，男女老少都有。有的大腹便便，一脸浮肿；有的枯瘦干瘪，肋条棱棱可数。饥饿使他们变得不像人样，驱使他们离乡背井，到异地去讨生活。秋园也加入了他们的行列。

火车发出一声长鸣，缓缓开动了。子恒上站台送他们，挥着手跟着火车跑。随着一阵急促的哐当哐当声，火车加速了。子恒的身影越来越小，终于被无情的火车抛弃，消失得无影无踪。

路上的艰辛自不必说，每天只能靠一碗煮南瓜充饥。到武汉转车时，没有钱住旅馆，母子仨就在火车站附近堆放的枕木上睡了一晚。

葆和药店早就公私合营了。秋成在医院里上班，成了公家人。他后来又结了婚，有一儿一女。粮食每月定量，一下增加三张嘴当然不够吃。秋成妻子秀萍一向是个好当家，一日两餐的高粱糊糊清溜溜的，每人两小碗。秋成每餐另有一碗清溜溜的面条。

秀萍整天嚷着查户口的要来，外人不准住久了。秋园心里清楚，秀萍在赶她走。

秋成每晚带着秋园出门，说是去找事做。一到街上，他就赶紧买两个熟鸡蛋、一斤蒸红薯给秋园他们吃。刚出炉的蒸红薯滚烫滚烫的，秋园和赔三、田四拿在手里，哈哈气，三口两口就吃光了。

事情自然没找着。十天后，秋园不愿为难大哥，执意要回家。秋成买好车票送他们上车，分手时给了秋园五个高粱窝窝头。这是秋园和秋成最后一次见面。

五

到了宜春火车站，身上还剩一角六分钱，之骅给家里写了封信，花八分钱寄了出去。

妈妈、弟弟：

你们好。学校停办了，我有一定的文化基础，想外出找工作。如今我已到了江西，请原谅我不告而别，只是到底在哪里落脚，我自己也不晓得……走时我什么都没有带，请妈妈到学校去帮我拿一下被子和箱子……

至于小徐老师，之骅再没和他联系过，这辈子也没再见过他。

宜春并不繁华。明晃晃的太阳悬在头上，之骅两顿没吃饭了，饥肠辘辘。她顾不得那么多，匆匆在街上走着，痛苦而幸福地流浪。幸福是因为心中有希望，每到一个单位或工厂,她总是以企盼的心情走进去,又以失望的心情走出来。所见到的人都用千篇一律的话回答她:"如今到处减人,好多工厂、学校都停办了,哪里还会要人啊!"

之骅无话可说。事实证明,她对前景太乐观了,要在一个举目无亲的陌生之地安身立命,谈何容易?

傍晚时分,之骅用仅剩的八分钱买了一碗糯米稀饭吃了,然后拖着疲惫的身体,沮丧地走到火车站,靠墙壁坐下,准备在那里过夜。向周围一看,天啊,都是人,讲着不同口音的话,横七竖八地躺在地上。有些人脸呈菜绿色,像遭了虫害的扁豆般弯着身子;有些人脸膛肿得发亮。之骅竟成了这群外流人员中的一个。

正彷徨绝望着,人群中忽然有个四十多岁的男人向之骅走来:"你是杨乡长的妹俚吗?"

之骅心一炸、脸一红:逃到江西还有人认得她是杨乡长的女儿,这可不是个好兆头啊!

他看之骅穿的白短袖上印有校名,便问:"你在这里读书?"

之骅点点头,说学校停办了,自己跑出来找工作。

他问:"你这里有亲戚还是熟人?"

之骅眼圈一红,道:"什么人都没有,就我一个。"

他说:"你父亲是个大好人啊,想不到落到这个地步,连累了子女。在山起台时,我还抱过你呢。"

这人叫朱义生,之骅喊他朱叔叔。朱叔叔在宜春下属一个县城的建筑队做工,他让之骅跟他走,起码有个落脚的地方。

六

回去又经武汉转车。在候车室,秋园遇到了个湖南老乡,她五十多岁,圆脸,黑皮肤,大眼睛,个不高,结结实实一副豪爽模样。两人攀谈起来。

老乡说她姓陈,问秋园姓什么。

秋园说:"我姓梁。那你就是陈大姐咯。"

陈大姐问秋园去哪里,秋园说回湖南湘阴。

陈大姐忽然瞪着大眼睛,看着秋园说:"你还要回湘阴?回不得,你们湘阴比我们衡阳还要差,饿死几多人!"

秋园说:"湘阴是我老家,不回去又回哪里!"

陈大姐说:"看你带着细崽,好作孽,不如一路跟我去湖北。我在湖北落了户,那地方人心好,不讲吃得有多好,粗茶淡饭是有的。我劝你莫带着两个细崽回去送死。"

秋园说:"我人生地不熟,到哪里去找饭吃,莫不是去讨?"

陈大姐说可以找事做,那湖北地多人少,特别是收棉花时缺人手。

秋园说:"我倒是会做衣,我身上的衣是自己做的,你看要得不?"她身上正穿着那件对襟的乳白色褂子。

陈大姐仔细看了一会儿,说:"做得蛮好,凭这个手艺就能赚得饭吃。我们那地方都穿大襟衣,没人会做这样的衣服。"

陈大姐快要上车了,秋园还在犹豫。田四扯着秋园的衣角边,劝妈妈不要回家,说是不管到哪里都比回家好。

秋园说:"要是找不到事做,又没路费回家,怎么得了!"

陈大姐说:"要是找不到事做,回家的路费归我,总可以吧?"

秋园心想：莫不是命不该绝，遇上了好人。

就这样，秋园跟着陈大姐到了湖北汉川县马口镇的王家台生产队，暂住陈大姐家。

陈大姐是个热心肠，出工时就大肆宣传："我表妹是个裁缝，做的衣服洋气，我们这里还没人穿过。"歇工后，她一下带了七八个妇女来看秋园穿的衣服，还抢着试穿。这些女人一个个粗手大脚，皮肤黝黑，衣着破旧；看得出是终日劳作、心眼实在的人。

第二天就有人请秋园做衣。秋园开始做上门手艺，不要工钱，对方只管母子仨的饭。人家都乐意。

秋园做事从不偷懒，一天到晚不停做活，做一天可抵别人一天半。慢慢地，人熟了，秋园在队上借到一间小房子，晚上就在家里帮人做衣。有了点现钱后，秋园又求人将赔三、田四送到附近的小学读书。

没多久，方圆几十里传得沸沸扬扬，说是王家台来了个好裁缝，不但衣服做得好，人也长得漂亮。秋园四十多岁了，仍是那么耐看。

秋园每星期都写信给子恒，信的末尾总有这么一句：

"五年之后,我们全家团圆。"

子恒有一次回信说,赐福山的屋子已经不像个家了,一点点家具全被人搬光了,连碗筷都没了,好一点的门框也被撬掉了。他还说,秋园若回湖南,不住老屋了,就和他住在学校里。

从此,秋园干活更加卖力,白天黑夜地替人做衣,想赚点钱回家。为了这个家,她没让子恒去参军,也没让他去东北。秋园对此一直很内疚,她不想再拖累子恒,要是拖累得他连书都没得教了,那这孩子岂不是太可怜了!

七

在火车站过了一夜,第二天一早,之骅和一伙人上了汽车。汽车塞得满满的,热气蒸人。有人脱掉上衣,裸着上身,随着汽车行进的节奏,他们把皮肤上的汗液毫无保留地蹭在别人身上。劣质的烟草味交织着汗臭味,熏得人只想呕吐。之骅闭紧眼睛,抿着嘴巴,任由车子开去。

总算到了永宁县，下了汽车，她一路打听，终于找到了建筑队。一下子也找不到什么事，之骅便要求跟朱叔叔去挑沙，挑沙是计件工资，挑多少，算多少。

之骅就去了工地，领了畚箕和扁担，又搞清楚去哪里挑沙以及沙倒在哪里。每天收工时，会有技术员来量方结账。

挑沙和倒沙的地方有半里远。之骅想多赚钱，硬是拼着条小命，挑得重又走得快，扁担放在肩上，往往要好一阵子才能伸直腰，一伸直腰就赶紧挑着跑。俗话说："挑担不走，压死条狗。"

第一天结束前，之骅用铲子把挑的沙铲得四四方方，技术员来量沙，她赚了一块二毛钱。之骅高兴得不得了：一天一块二，十天十二块，三十天就有三十六块。这么多钱，不会算错吧？又算了一遍，确实没错。这么说很快就有钱寄给家里了。

收工时，人几乎散了架，好不容易走到寄住的朱叔叔亲戚家，坐到椅子上就站不起来，双脚锥心般疼痛，双肩更是不能碰触。关在屋里脱下衣服想揩揩身体，才发现肩膀破皮流血，血痂结住了衣服。用水浸泡了好久，才将衣服脱下。

第二天,之骅的肩膀肿得好像垫了两块厚海绵,不要说挑担子,衣服碰着都疼得不得了。她找了好多破布把扁担包得厚厚的,还是不行,肩疼得不能承受任何东西。

朱叔叔说:"这力气活一下子也练不出来,今天歇一天,明天肩膀好点再去。"

之骅说:"这肩膀一时半会儿好不了。苦不苦,看看红军二万五,我这算不了什么。坚持就是胜利,今天还是去挑沙。"

可这不争气的肩,手都不能碰一下,更不要说放扁担挑东西。之骅只好用手来回提沙,一天下来,提的沙少得可怜。

一天能赚一块二的梦就此破灭。

有一队学生模样的人经过之骅担沙的地方,个个谈笑风生。之骅目不转睛地望着他们离去的背影,羡慕的表情挂在脸上。

这时,昨天替之骅验收沙方的技术员来到她身边,说:"看样子,你还是个学生。"

之骅脸红了，说："是。"

技术员说："一个小女孩怎么能干这种重活？吃不消的。"

之骅说："我也不想干这活。我有文化，读了三年中专，但学校停办了。听别人说江西好找工作，就到江西来了，一时找不到别的事，只好来挑沙……"

技术员说："离这不远有所共产主义劳动大学，半工半读，除了吃饭不要钱，每月还有四块零用钱。"

之骅想：江西就是比湖南好，有这样好的大学。"大学"二字就像吸铁石一样，紧紧把她吸住了。半工半读要什么紧？她又不是没做过事，只要有书读就行。

之骅喜形于色，对技术员说："我要去读书，这就去，只是这扁担、畚箕还要送到建筑队去。"

技术员说："我帮你带去，替你把借条撕掉就行。你早些去，学校已招过生，早开学了。"

八

辛苦而平静的日子过了一年多，王家台也开始清理外来人口，大会小会动员不断。工作组的同志三令五申，说要是查到队上有外来人口，必定一追到底，后果自负。在如此政策攻势下，谁又敢胆大包天，擅自收留外来人口呢？

秋园刚刚对生活有了一线希望，哪怕整天累得直不起腰来也总是笑盈盈的，如今听说又要回湖南，有如惊弓之鸟，回想起那可怕的日子，真是喘不过气来。

陈大姐找到秋园，替她出了个主意："梁家妹妹，你听我一句话，不要不好意思，我劝你在这里找个人家算了。"

秋园猛一听到这样的话，心中一炸，随即说："我大儿子都当老师了，我还改嫁，岂不丢人！"

陈大姐说："如今不是丢人不丢人的问题，最重要的是留条命在。现在不是回乡的时候，要回也要等以后。先在这里安下身来，留得青山在，不怕没柴烧。"

秋园何尝不清楚：回去等于送死，自己没请假就跑出来（她这种四类分子是不会准假的），不饿死也得被斗死。

陈大姐又说："王家台的书记，老婆死了好多年了，一直想找个合适的人。有个八十三岁的娘，还有个十岁的儿子。他当了十年书记，是个大好人，我劝你莫错过了机会。"

秋园将这事和赔三、田四说了。他们都同意，说只要不回湖南，在哪里都可以。由于时间紧迫，秋园无法先告诉子恒，这也成了她的一块心病：子恒毕竟是老大啊！

就这样，秋园带着赔三、田四成了王家的成员。

事后，秋园写信给子恒："我实在没办法，才走了这条路。我不是为自己，是为你三弟和四弟，想让他们长大成人。你若认为为娘不好、丢了人，可以不认我这个娘，我不怨你、不怪你。要是你能体谅我的处境，仍记得我这个娘，我永远都是你们的娘……"

子恒接到信，号啕大哭："……难为了妈妈啊，我可怜的妈妈！"

九

之骅一路问过去，只想快点到学校，可是她的脚好痛啊，每走一步都要咬下牙关。走了四五里路，经人指点拐上一座六七米长的木桥。木桥有一米多宽，是用很粗的木头拼起来的，桥墩也由粗大的树木做成，走在上面非常安全。河水清澈透明，阳光在上面洒下一层碎金，光芒刺目。过了桥，走上一段不长的斜坡，就到了学校。

"共产主义劳动大学"几个字在阳光下闪闪发亮。走进学校大门，之骅激动得面红耳赤，听到自己的心在咚咚响，几乎要从胸腔里跳出来。

迎面碰到一个四十来岁、手里拿着本子的老师模样的人。之骅连忙拦住他，说："老师，你好，我想到这个学校来读书。听说报名时间已过，请老师破例收下我吧！"

那人说："我是这里的老师，也是负责招生的。"

之骅差点跳起来："哎呀，运气真好！一下就找对了。老师，你收下我吧，我会好好读书和劳动的。"

老师说:"你跟我来,我还得了解一下情况。"

老师把之骅带到一个教室里,课桌干净而整齐,却没有一个人。

之骅说:"老师,这教室怎么没学生上课呢?"

老师说:"这个班本月上山劳动去了。你把手伸给我看看。"

之骅把手平直地伸出来。老师没说什么,他是看之骅的手有没有做过事。

学校有师范班、林业班、农业班、机械班和预科班。师范班学制一年,预科班五年,其他都是四年。

之骅说:"老师,我要到师范班。我家庭困难,想尽快参加工作,请老师帮忙。"她暗暗算了算:学制一年,毕业时才十九岁,就能当个中学老师赚钱养家了,这多么好啊!真是苍天对她的厚爱。

王老师说:"你下午就可以将行李拿来,尽快上课。"

之骅说自己没有行李,只有一身换洗衣服。王老师说:"那还得去总务办替你借床被子。"

之骅兴高采烈地跟在王老师后面,借好被子,还领了四块钱。王老师把她带到师范班的女生宿舍,一切安排停当,当天就算入学了。

十

谢天谢地，秋园碰上的是个好人。

王成恩比秋园小三岁，中等身材，皮肤微黑，性情开朗，心地十分善良。结婚后，家中大小事情都交给秋园管理。

秋园除了做衣服，也喜欢出工，尤其喜欢收棉花和摘西红柿。

收棉花时，妇女们个个背个竹篓子，摘下棉花就随手丢到篓子里，边摘边畅快地聊天、开玩笑、拉家常。棉花统一堆放在队部的保管室里，像一座雪山，白得耀眼。

西红柿成熟的季节，成片的西红柿红彤彤地吊在枝上，被绿叶衬托着，真是妙不可言。一小会儿就能摘一大篮子，休息时就坐在地头大吃特吃西红柿，只是不能带走，结果一个个吃得肚皮鼓鼓的。

刚开始，秋园不那么喜欢西红柿，连一个都吃不完。可看大家吃得津津有味，她觉得不吃划不来，就霸蛮吃，还真吃上了瘾,越吃越好吃。

炎热的夏天,秋园吃罢晚饭就开始洗衣服。王成恩就拿张小凳子,坐在身边替她打扇,怕她热,也怕她被蚊子咬。

一次,秋园拆洗棉衣,王成恩也来帮忙。秋园留了五块钱缝在棉衣口袋里,口袋一拆,钱便掉了出来。她一时好像做了亏心事,支吾道:"这不是什么私房钱啊,不记得什么时候放的。"王成恩说:"你尽管留点私房钱,留得越多越好,我只要有饭吃、有衣穿就够了。"

八十三岁的王家媖驰对秋园也呵护有加。秋园做饭,媖驰就帮忙烧火。媖驰平时也不闲坐,有空就纺纱,纺出的纱又细又匀。她请人织成布,让秋园做成被套、床单、内衣,还一个劲地要秋园寄给子恒和之骅。地道的家织棉布越洗越白,越洗越柔软。

王媖驰和秋园一起生活了一年零八个月。后来,一场小病夺去了老人的性命,秋园伤心了好长一段时间。

王成恩的儿子叫王爱民,是个既调皮又可爱的孩子。

他管秋园叫大大,进进出出一口一个"大大",喊得很亲热。爱民和田四同岁,在一个班上读书,兄弟俩亲如手足。学习上,田四老拿第一,爱民也是第一——倒数第一。

秋园有时会拍拍爱民的屁股,以示警告:"不好好读书,只晓得玩,少壮不努力,老大徒伤悲。"他一点也不生气,还嬉皮笑脸地大喊大叫:"救命救命,大大打我了。"秋园满眼柔情地看着他,好生欢喜。

秋园做衣做鞋,爱民和田四总是一样的。兄弟俩打扮得干干净净、整整齐齐,别人都说他们是双胞胎。

十一

共产主义劳动大学是所半工半读的大学,上课一个月,劳动一个月。

之骅所在的师范班共二十个人,有高中生,有当过老师的,也有当过干部的……不知他们为什么跑到这里来读书。

学校门前有条河，每当太阳像个大蛋黄倚在山巅时，共大的学生便去河里洗澡，女生在上游浅水区，男生在下游较深处。

女生们手牵着手，穿着衣服，一步一步踏进河里，选好合适的地方就蹲下去。之骅从河底捞起细细的粉沙，擦着身子。当夕阳最后也最柔弱的光芒被暮色遮住时，女生们双手抱在胸前，边笑边跑，冲进芦苇丛。芦苇在初秋的晚风中摇来晃去，她们从芦苇丛里出来时已穿戴整齐，手里拿着湿衣服，向学校走去。

上完了一个月的课，开始上山劳动，到青铜岭林场砍毛竹。沿着河往上游走，两岸的毛竹密密匝匝，随着每一阵微风的吹动，洒下无数金针般的光芒。五颜六色的小花羞羞答答地从毛竹的缝隙中伸出头来。走了足有上百里路，才找到大队部，队部主任热情地迎接学生们。

大家就在大队部安营扎寨，楼上住人，楼下做饭。之骅和一个女同学负责做饭、洗衣。早上四点钟就要起床做饭。她俩还有一个任务：下午五点去位于河尽头的货场替同学们验收毛竹。

砍毛竹的同学天不亮就要上山，上山根本没有路，要边走边砍出条路来。砍好的毛竹从山上拖到河边，扎成竹排，再放进河里。人站在竹排上，手中撑根竹子，使点劲，一阵隆隆的流水声，竹排顺流而下，气势倒是壮观。

山上的蚊虫小咬十分多，不出一个星期，大家就被咬得体无完肤，个个成了烂脚棍。江浙的同学一进山就水土不服，发冷、发烧、打摆子……几乎人人都会生病，每天都有五六个请假的。之骅这才明白王老师说的："好多同学干不了几天就会逃跑。"

十二

赔三在王家只住了半年。因为一下增加了三口人，王成恩负担很重，秋园考虑再三，就让赔三回了湖南，住在子恒教书的学校，在那儿读书。

秋园既是媳妇也是后妈，这个家被她调理得和睦融洽，欢声笑语不绝于耳，连年被评为模范家庭。于是就有许多公社开着拖拉机来请秋园介绍经验。别人请,她必去,说是不能辜负了人家的好意。

秋园当过老师,善言,讲话无须稿子。她总是说:"我不是来介绍经验的,是来和姐妹们聊天的。"那一口带着北方口音的湖南话,真格好听。

渐渐地,秋园心情好多了,也许真是柳暗花明!

一九六六年七月一日,天气异常闷热,草木纹丝不动,躺在树荫下的狗吐出长舌头,喘着粗气。

田四这年十五岁,长得高挑、白净,漆黑柔软的头发剪得整整齐齐,唇红齿白,算得上是个美少年。

田四初中毕业了,这天要去学校拿毕业证书。他就读的马口中学离家七里多路,沿着笔直的河堤走去就是。河面不是很宽,河水碧绿碧绿的,微风吹过,波光粼粼。

田四有点激动,早上七点半就穿戴整齐了:白棉布衬衣,西装短裤,脚上是秋园亲手做的布鞋。吃罢早饭,他背着黄色帆布书包就要往学校去,才跨过门槛,秋园快步赶来说:"把午饭带去。"然后将四个早晨蒸好的包子放进书包里。

田四说:"要不了四个,有两个就够了。"

秋园说:"肯定有没带饭的同学,你给他们吃吧。"

田四一脸兴奋,打了声招呼就走了。

下午三点左右,一个学生带着田四的书包找到秋园说:"有个叫杨子平的初三同学在河里玩水一直没上来,只怕出了事,是一个在河边车水的老人讲的。"

秋园听了如五雷轰顶,边哭边喊:"不可能!不可能!四儿从来不玩水!"

但摆在面前的书包分明是田四的,"三好学生"奖状上写着他的名字,作文比赛的奖品上也明明白白写着他的名字,白棉布衬衣还是秋园亲手缝制的……哪会有错?

秋园呼天抢地地向河边跑去,一路上不知摔了多少跤,膝盖上的血都渗到裤子外面来了。最后几步,秋园是爬过去的。她好似疯了一样,力大无比,没人拉得住她。

王成恩立马请了三条船打捞。船夫们弯腰曲背,拿着带铁钩的长竹竿一下一下在水中寻找,从三点多到六点多,仍未打捞上来。船夫们累得气喘吁吁、汗流浃背,坚决不干了。

秋园全身软得站不起来，趴在地上说："我活要见人，死要见尸，请你们行行好，再打捞一次。"

就这一下，一个船夫感觉钩到了东西，大家帮忙提上来一看，铁钩正钩着田四的裤子口袋。田四眼睛闭着，浑身滴着水，裸露的上身和腿脚被水浸泡了几个小时，白得耀眼。

秋园匍匐着向前扑倒在田四身上，叫道："儿啊，我的儿啊！"然后就昏过去了。

有懂点医的赶紧给她掐人中。好一阵，秋园才苏醒过来，又是一阵捶胸顿足、号啕大哭。哭累了，便发出呜呜声，那声音在乡村的夏夜里使人不寒而栗。

过往行人和队上的人把秋园团团围住，个个眼泪巴巴，想出各种话来劝慰她："你儿子从来不玩水，是鬼把你儿子找去了。前几天也死了个十多岁的男娃子。你看他的腿还是跪着的，他不肯去，向鬼求情，但鬼就是不放过他。命该如此！人死不能复生，你要想开些。"

秋园哭道："阳间有恶人，阴间有恶鬼，逃过一劫又一劫，不知我前世造了什么孽，今生今世要受这么多苦难！"

月亮冰冷地挂在天上。月光下，大堤边一棵棵挺立着的树木此时都变成了面目狰狞的恶鬼,好像随时会扑过来把好人吃掉。秋园觉得自己是在做着长长的噩梦。

人们用门板抬着田四,王成恩背着秋园眼泪横流,爱民在一旁扶着。王成恩叨念着:"是我没福气,留不住这个儿子。"

秋园撕心裂肺地痛哭,嘴里不停地念着:"一个好好的儿子、一个好听话的儿子,上午高高兴兴地出去,下午变成这个样子回来。儿啊,你怎么要去玩水?你是从来不玩水的。你留下娘怎么过啊!要是我死一千次、一万次能换回你的命,我愿意啊!"她亲手替田四穿上最好的衣服,一遍遍用手摸着田四:"一双新鞋还没穿过,四儿,你穿着上路,不会嫌小吧,你的脚长得好快。儿啊,你在路上慢慢走,妈妈随后就到。"

秋园一连几天不吃不喝,她无力号哭,只是默默地以泪洗面。

这一年,秋园五十多岁。少年丧父,中年丧偶,晚年丧子,人生三大悲事都让她摊上了。

秋园一遍又一遍地想:难道真是命该如此?我跑来湖

北原是为了活命，没有饿死，却还是淹死了，难道非死不可？这次是下定决心死的时候了，四儿死了，我活着还有什么意思？

王成恩寸步不离地守着，连上个茅坑都跟着，秋园一时找不到机会。后来，她开始起床、吃饭，心里似乎踏实了：反正自己也要死了，跟随田四而去。

半个月后的一天下午，王成恩要去公社开个紧急会议，想带秋园一同去。

秋园说："你放心去吧，我没事的。人死不能复生，想不通也要想通。"

王成恩说："你千万不要做傻事，在家里歇着，我一开完会就回来。"交代再三后才去开会。

秋园心想：这一天终于到了。

她选了几件最喜欢的衣服，想要像平常一样穿得干干净净、整整齐齐地上路。洗罢澡，穿戴齐整，便找来根棕绳拿在手里。临了，想起来还要梳个头，决不能蓬头散发，便把乱发仔仔细细地抿齐在耳根。哪知眼睛刚碰到镜子，就望见里面有个女人，一根绳子从脖子上绕过耳边往上吊着，眼睛睁着，舌头伸得老长，鲜红鲜红的。

秋园一声尖叫:"有鬼!"就往门外跑去。

坐在大门外,秋园仔细回想刚才的事,听说人一旦有了死的念头,鬼就要跟着这人三天。"我想上吊,鬼就找来了,原来吊死的人是这般模样,真吓人。我死后也是这个样子,会吓着自己的亲人。"秋园将脚朝地面狠狠一跺,"我不死了,我一定不死了!鬼,你去吧!我想通了,就是不死了,你能把我怎样?我死了一个儿子,还有三个儿女。四儿死了,我痛不欲生,我死了,我的儿女也会痛苦不已。我要为他们着想,决不能给他们带来痛苦。我要活下去!"

十三

关于下放的消息已经传了好一阵子。林木丛生的校园就像一个巨大的蜂窝,嗡嗡嘤嘤地散布着下放的传言。下放比例,最初的说法是五分之一,随后开始每日更新,但最终数字尚未确定,第一批下放的名单就公布了。

之骅跟同宿舍的月娥要好。月娥脸上有一大块烧伤的疤痕。有一回，一只乒乓球滚到床底下，月娥举了根蜡烛钻到床下去捡。乒乓球被蜡烛点燃，砰地烧了起来，从此月娥左脸颊就落下了半边手掌大的烧疤。

月娥与之骅都有见不得人的东西。月娥的是她脸上的烧疤，之骅的则是她的出身。就像月娥无法掩盖脸上的烧疤一样，之骅也掩盖不了自己的出身。她们带着人人看得见的缺陷与耻辱在大庭广众下出没，无计可施。

月娥从不相信之骅的命运会比自己的更糟。在月娥眼中，哪个女子能比自己更不幸呢？她丑怪，男人跟她面对面都不想正眼看她。而杨之骅人俊俏，文化高，爱说爱笑。劳动间隙、吃饭时、睡觉前，月娥一遍遍地悄悄对之骅说："一定不会有你的。下放怎么会轮到你呢？"

之骅失神地坐在床上，贴着墙壁的背脊一阵阵发冷。冰冷的泥墙在后面抵着她。绝望的墙壁。这校舍建在旷野当中，四周是共大学生自己开垦的农田，风像野狗似的四处乱窜，窗棂被吹得哐当哐当直响，空气中飘散着浓郁的大粪味。她熟悉的气味。乡下的气味。她就是从乡下跑出来的，只要不再回到乡下，她愿意付出一切代价。

天亮以后，大家从一个个蜂窝般的房间里走出来，拥到墙上刚贴出的大红喜报前。红纸上一排排墨黑的名字像列阵的蚂蚁,那是第一批下放农村人员的名单。他们将走上"与工农群众相结合的道路",作为共大学生的表率,下乡务农。

她的名字——杨之骅——是一片红色当中的三只小黑蚂蚁,在她心上爬啊爬啊,心被啮咬得空空荡荡,只剩一片凄惶。

作为知识青年,之骅下放到何家坝。

月娥来看之骅,还带了一张照片,指着上面一个穿黑色短袖衬衫的男子说:"这个人,你要是看得中,我就做个介绍。"

之骅对照片上那个豆粒大的脸很满意。等到她见到乔木林本人时,差不多就是一见钟情了。乔木林穿着照片上那身黑衣服,是府绸的,飘逸潇洒。之骅从未见过穿府绸衣服的男人。他身材瘦削,颧骨略高,算得上面容俊秀,言行有点木讷,看上去是个老实人。

乔木林的光棍生涯已有些年头了。他把别人用来养家糊口的薪水全部花在了自己身上,所以穿得起府绸衣服。工作之余,他打乒乓球、看电影、打扑克、到河里游泳一直游到入秋。

其实乔木林从前在篮球场上见过之骅。共大组织了男女篮球队,轮流和本县各个工厂、机关的学校打比赛。之骅是女队队员,她个头不高却身手灵活,满场飞跑,像鸟一样轻盈,赢得了"小燕子"的称号。乔木林在场外观看时,留意过这只小燕子。

在月娥家再次见到之骅,她已是个下放到何家坝大队的知识青年。不过相隔一年,她脸上已笼罩了一层命运的晦暗之气。乔木林很熟悉这种气息,一眼就看了出来。

这年之骅二十岁,扎着两根及腰的大辫子,穿着白色衬衣和蓝色背带裙——她最好的一身装束,维持着女学生式的体面外表。但她内心绝望地知道,除了跟这个长相颇为英俊的陌生男人结婚,自己没有别的出路了。

十四

田四死后,秋园常常端起饭碗就发呆,怎么劝也吃不下几口饭。王成恩看在眼里，想着这事得有个盘算。

一日，王成恩对秋园说："你来湖北，失去了一个儿子。看你如今这般模样，只怕自己的命也保不住，要丢在湖北了。若真这样，我真是对不住你。我最难的时候，你帮我撑起了这个家，把爱民带大。你老家有儿有女，现在是回去的时候了。回去了，有亲生骨肉陪伴，思子之痛会好得快一点。等你复原了，想来就来，不想来就不要来了，好好在家里度晚年。希望你听得进去我的话，我可绝没有赶你走的意思。"

"我不能回去。田四尸骨未寒，这一走，他地下有灵，还真以为妈妈丢下他不管了。"秋园说罢，大哭不止，又断断续续地说，"我最困难的时候，也是你帮了我，让我过了一段好日子。如今你病恹恹的身子也需要人照顾，我放心不下你，不能做没良心的事。这事你以后再不要提了。"

日子又年复一年地过下去。

王成恩的身体一年不如一年，又患了严重的哮喘，经常咳嗽不止，喘得嘴唇发紫，好像随时会透不过那口气来。秋园朝夕不离，悉心照料。后来住了院，一住就是三个多月，仍不见转机，最后连路都走不了了。王成恩执意要回家。秋园心里明白，人已病入膏肓，医生也回天乏术了。于是依了他，用板车将他拉回了家。

爱民为了生计，整日在外开车。秋园就每天用板车拉着王成恩去马口医院打针。有个小王护士也是王家庄人，她见秋园一个人天天用板车拉着病人实在辛苦，就主动上门来给王成恩打针。

病仍不见好。一日，秋园喂完药，王成恩伸出干巴巴的手拍拍床沿，说："你坐下，我有几句话对你说。我的病，看样子不会好了，死是迟早的事。你一定要照我说的去做，否则我死不瞑目。等把我安葬完了，你就赶紧回老家，切莫拖延时间。媳妇不是盏省油的灯，对你不可能有感情。爱民虽对你好，但毕竟不是亲生儿子。等到人家赶你走，你就不值钱了。你回到老家，好好过自己的日子去。"

好不容易讲完这许多话，王成恩已是上气不接下气。秋园硬是撑着，不让眼泪流出来。停了一阵，他又说："人死如灯灭，你对我的好，我到地下也记得。只是我不能陪你再过些日子，如今这样只能拖累你，实在过意不去。想开点,少想点田四,少哭点。还有,家里东西你想要的都带走。"说罢,眼角有泪。

秋园定定地看着王成恩,故作轻松地说:"你想太多了,怪不得病总不见好,原来是思想在作怪。你放心养病,凡事都有我在。照顾你是应该的,怎么能说是拖累呢?反过来,我病了,你也同样会照顾我。这是慢性病,好起来也要慢些。病来如山倒,病去如抽丝,也许哪天你爬起来,觉得一身轻松了,病就好了……"实在讲不下去了,一下哭出了声。

"快莫哭,这一阵还没咳一声呢。怎么小王还没来打针呢?"

"只怕是抽不出身,我拉你去吧!"

"我这样躺着舒服,一动又怕咳起来。还是你跑一趟,去跟小王说一声,上午不能来,下午也可以,不要忘记就是。"

"好,我快去快回,你躺着不要动啊。"

王成恩勉强微笑了一下,表示应承。

秋园急匆匆带着小王护士进门的一刹那,映入眼帘的是床边地上静静躺着的一个农药瓶子。秋园大叫一声,连忙扑到床上,一摸,还有余热。"还有救!还有救!"她连声呼道。

王成恩身体蜷曲,嘴边有呕吐物,显然死前经历过痛苦挣扎。

小王把手探到王成恩鼻子下方。"没气了,救不过来了。"

葬了王成恩,秋园去了趟邮局,给子恒拍了张电报:"王伯伯已故,速来接我。"

回到家,秋园对爱民说:"爱民,大大准备回老家了,是按照你爸爸的意思。大大年纪越来越大,以后会成为你们的负担。少个人就少张嘴,大大还是决定回去。"

爱民说:"大大,我真舍不得你走,爸爸刚走,你又要走。爸爸交代过我,让我不要留你,怕以后我老婆对你不好。大大,你自己拿主意吧。以后,我会去看大大的。"

隔了一天,子恒就赶到了湖北。他在湖北住了两天,陪秋园去和队上的人告别。

秋园四十六岁去湖北,六十六岁回湖南。

第七章

归

一

　　一九七七年的一天，子恒兴冲冲地从二十多里路外的学校赶回家告诉赔三，高考制度恢复了，有高中毕业证或相当于高中文化程度的社会青年，不论成分好坏，都可以参加高考。他要赔三去公社报名。

　　赔三正在挖地，连头都没抬，说："考什么大学？一个初中生种了十一年田，连原来学的东西都丢光了，还考大学呢，莫去丢脸。"

　　子恒说："过两天，公社就办补习班。离考试还有两个月，家里的事你不要管，先去照个半身照，然后报名参加补习。你初中成绩那么好，记性又好，补习上两个月，再借些高中的书看看，或许就能考取。不管怎样都要去考。"

子恒又说:"你这会儿就起身,去换身衣服、照个相,后天好去公社报名。"

赔三仍是不情愿:"还是算了吧,心里没点底。"

子恒说:"不行,好不容易有了机会,怎么不去试一试呢?你快去换身衣服,衣服上好多泥巴。"

赔三说:"懒得换,就这样去照,照得再好,怕也考不取。"

好说歹说,赔三去照了个半身照,报上了名。

在公社参加补习的第二天,文教办的一位干部把赔三从教室里喊出来:"你不能参加高考,你是初中生,你父亲……"

赔三脸红道:"我晓得了,不考就是。"

赔三拖着一双灌满铅的脚往家走,十分沮丧。路过村里小学时,碰到了小学的鲁老师。

鲁老师问:"子恕,你参加补习怎么又回来了,舍不得几个工分啊?"

赔三把实情告诉了鲁老师。鲁老师一脸不平地说:"真是岂有此理!上面不是有文件吗?报纸上不也讲了吗?像你这类情况,完全可以报考。"

鲁老师经常跟赔三谈天说地，对他非常了解。鲁老师说:"你可以去告状，不让你高考是违反文件规定的。我敢肯定，全公社谁也没你知识底子厚。"

赔三说:"算了算了，这是天意。"

赔三生活上有些稀里糊涂、丢三落四。衣服、帽子、围巾常常不知丢在哪里。在田里做功夫，秋园会用搪瓷缸子给他送水解渴，每次都要交代一句:"记得把缸子带回来。"他十有八九是不记得的。

可赔三很会读书，记忆力也惊人。上学时，历史地理方面的内容很快就背得滚瓜烂熟，问起来没他不知道的。在基建队做小工时，技术员来计算土方，两三位数的乘法，往往技术员还没用算盘算出来，赔三就心算出来了。种了十一年田，赔三没学会犁田、耙田，却懂得科学种田。他连续多年担任队里的育秧员和防治农作物病虫害的植保员。

星期天，赔三喜欢去县城的新华书店看书，就靠在柜台上翻阅。他看书很杂，小说、散文、诗歌、童话、民间故事……什么都看。那些在别人眼里枯燥无味的哲学、社会学、自然科学书籍，他也看得津津有味。

离开学校十一年了，现在高考恢复，凭成绩录取，这对赔三来说确实是千载难逢的机会。世上的事还真有峰回路转的时候。过了很久，公社忽然捎口信来，要赔三去参加补习。原来有几个和赔三情况类似的人，与公社交涉了好久。因有明文规定，公社不敢马虎，便答应让他们参加考试，赔三也顺带沾了光。

　　此时离考试仅剩三天了。填报志愿时，赔三犯难了：填中专吧，年纪超过了；填大学吧，自己只读了个初中。最后，他硬着头皮在大专一栏写上了自己的名字。

　　补习机会来得太迟，哪怕三天三夜不睡觉，也才七十二小时。赔三抱着去补习班看看的心态走进教室，发现那些补习了两个月的同学个个斗志昂扬、摩拳擦掌。还有三天就要考试了，老师要他们放松放松。只见他们把那些做过的卷子丢得满地都是，毫不爱惜地在上面践踏。赔三如获至宝，塞了满满一书包回家，整整看了三个通宵，眼睛都熬红了。

　　政治他不怕，只要看一遍就记住了。高中的数学，他也粗通一些。至于语文、历史，就更不怕了。赔三忽然对即将到来的考试信心十足，尽管两眼布满血丝，但精神十足。

考试那天,赔三穿得干干净净,一改往日总是低头走路的习惯,抬起头走在考生当中。

一行人早早来到了位于公社小学的考点。考生们聚集在操场上谈笑风生。大学多年没有采用考试选拔学生了,这是一件激动人心的事情。赔三独自站在操场一角,将昨晚复习过的知识在脑中过一次电影。

开考的铃声响了。全公社共有两百多名考生,分坐在八间教室里,单人单座。赔三坐在靠墙最后一排,看着周围的考生,他又有些丧气。他们大都是历届高中生、应届高中生或民办教师,而他是个停学十一年的初中生、一个农民,考前只补习了三天。

赔三考取了湖南师范学院中文系。

毕业以后,他成了一名中学语文教师。仁受在世时老说,教师与医生是最好的职业,不管哪朝哪代,总要有人教书,总要有人行医。很长时间里,仁受、秋园都是靠教书养家的。子恒教了一辈子书。赔三也加入了这个队伍。

二

之骅拖着七个月的肚围去河边洗衣服时，背影还像个小姑娘。清晨洁白而浊重的浓雾像一张巨大的渔网覆盖了前方的道路，她在没有空隙的雾中穿行。她一只胳膊挽着盛满衣物的木桶，另一只手拿着搓衣板和棒槌，这些陈旧的木制家什散发着和生活一样暗淡的气息。

之骅在河边停了下来，雾大得什么也看不见。那是十月的浓雾，夹带着初起的侵人的秋气，一种寒冷寂寞的气息就那么不由分说地铺满了整张河面。她终于站到了那块熟悉的青石板上，困难地蹲坐下来。对七个月的孕妇而言，这是个高难度动作。她小心翼翼地蹲坐着，把衣服一件件从桶里拎出来，浸到河水里，再铺到搓衣板上，一下一下地捶打起来。

砰——砰——砰——，沉闷而响亮的敲击声沿着河面辐射开来，又被浓雾吞吃进去。二十二岁的之骅坐在河边浣洗衣衫，只有孤独的敲击声陪伴着她。浓雾渐渐散开，清澈的流水显现出来了，不远处村子的轮廓显现出来了。这是县城边缘一个极小极小的村子，散落着七八户人家。

就在她洗完衣服收拾好木桶、棒槌、搓衣板准备回家时，忽然一阵头晕眼花，脚底下的青石板开始摇动，她仿佛不是站在石板上，而是站在一堆浮动的絮状物上。刚才的浓雾此刻似乎聚拢在脚底，她一头栽进了雾里。

河水不深，水流也不湍急，可那刺骨的寒冷伴着恐惧一起袭击着之骅的肉体。她挣扎着重新爬上青石板，挣扎着挽起那桶沉甸甸的衣服，另一只手拿着搓衣板和棒槌，蹒跚着往村里走去。

快到家时，碰到了房东麦芽。麦芽是三个孩子的妈妈。这个好心的女人大惊小怪地夺下之骅手里的东西，帮她脱下又湿又重的裤子，把她赶进被窝里。

麦芽很快就用粗瓷碗小心翼翼地端了一碗东西进来，是为中秋节备下的劣质烧酒。她把酒端到之骅跟前，让她喝下去。之骅浑身哆嗦，嘴唇青紫，毫不犹豫地一仰脖灌下一大口烧酒，心中立即有一团火砰地烧起来。

这酒还派上了另一个用场。

当晚,之骅腹痛如绞。她抱着肚子,先是克制地呻吟,继而满床打滚,身下有液体汩汩流出——羊水破了。

"要生了要生了,这才七个多月就要生。"麦芽一边唠叨,一边赶紧叫她丈夫去大队部给乔木林摇电话。乔木林在县城医院工作,离村子有二十多里地,只有星期天才回家。

之骅完全被疼痛这个魔鬼攫住了。她牙齿咬得咯咯直响,双手紧紧拉住床栏,左翻右滚。老朽的木床经不起她疯狂的力气,摇得几乎散了架。她从床上滚到地上,被麦芽连推带拉地弄上床,又滚了下去。

她声嘶力竭地大喊:"妈妈,救救我啊,我要死了!妈妈,救救我啊,我要死了!"疼痛每过几秒就凝聚成一个波峰,然后缓缓过渡到波谷。之骅在疼痛的峰谷间跌宕,后来也没有波峰波谷了,只有一种持续而疯狂的疼痛。

就在之骅抓住麦芽的衣裳用力一扯,所有纽扣硬生生迸脱的瞬间,一个瘦弱的女婴也坠地了。由于在母亲腹中挣扎了太久,她几近窒息,落地时喑哑而沉默。麦芽经验丰富,她迅速剪断脐带,用粗瓷碗里的烧酒简单地消了毒,然后拎起女婴的脚倒提着,对准脚底板啪啪啪地接连敲击了十几下。

哇——哇——,女婴终于发出了细小的哭声。

麦芽松了口气:"好了,能活了。"

乔木林带着县医院接生的医生赶到时,之骅的第一个女儿已经呱呱坠地。之骅静静地闭着眼睛,头上栖落着黄豆大的汗珠。从此,她成为一个母亲——如同秋园,如同世世代代的女子。

之骅一共生了三个孩子。孩子们很小的时候,她就告诉他们:"长大以后,你们要读大学。"

秋园也好,之骅也好,这一生总是想上学而不得。之骅老对孩子们说,她这辈子就是没有念够书。

后来,之骅的三个孩子都上了大学。

三

赐福山的老屋傍山,山边有株参天的香樟树。曾有人愿出一千元买这棵树，秋园拒绝了。这棵树若伐倒，老屋可能也就塌了。秋园在坪前种了两棵芙蓉，春天会开出硕大的粉白色花朵。旁边搞了个橘园，种了十几株橘树。橘树肯结果，一到季节，枝头就缀满青绿的果实，但往往等不到成熟转黄，一夜之间就被人摘光了。一家人几乎没尝过橘子的滋味。

老和尚早就去世了。

他赖以生存的菩萨在"四清"时被砸烂了，好不容易偷偷摸摸留下一个尺把长的木雕菩萨。他把观音菩萨藏在楼上，自己也睡在楼上，楼下是灶屋，一把木梯子上下。上楼时手里举着菜油灯——小碟子装了菜油搁在竹筒上，碟子里有一根棉纱做的灯芯——幽幽的灯光随着上楼的脚步一晃一晃，照得屋里半明半暗。六十好几的人，视力又差，上次楼很不容易。

为了不让别人知道楼上有菩萨，每每等到夜深人静，大家都进入梦乡，老和尚才起来敬菩萨。他敬菩萨是受过专门训练的：叩头时，左脚朝前跨出半步，右腿跪下，先是一声乓，隔一会儿，连续两下乓乓，很有节奏感。乓乓、乒乓……头重重磕在地板上,静夜听起来格外响亮,就这样磕到天明。时间长了,他额头上留下了一个酒杯大的包。

老和尚的身体越来越差,常常两腿发软,无法爬楼。一天,他把被子丢下来,就再没上过楼了。

灶屋里有个用泥砖砌成的灶。灶边一个角落里堆了许多干草和树叶,用来烧火做饭。另一个角落里堆着一大堆从灶膛里扒出来的灰,旁边放着一只大尿桶。床在灶屋门后,上面垫几捆稻草,再放上一床被子,就是他的铺盖了。吃喝拉撒睡全在这灶屋里,屋中脏乱,臭气熏人。他没把菩萨搬下来,怕得罪菩萨。

老和尚两眼深陷,无精打采,每日在村子里慢慢悠悠地走路。

有一天,他突然开始拉肚子,一天要拉上十几次。又过了几天,不见他出门。有人去灶屋看,发现他已经死了。他得的是急性痢疾。

队上的干部去清理老和尚的遗物,发现了一张遗嘱,字写得七歪八扭、模糊不清,大意是他死后,请把他放在禾坪里,堆上柴火将他火化。难怪他有一大堆柴却不舍得烧,此外连米都没有一粒,真不知他有多少天没吃饭了。

三十多年后,村子里传得沸沸扬扬,说是老和尚果真上了天、成了神仙。还有人说看到他驾着祥云来到赐福山,来看庵子里。但究竟是谁看到就不得而知了。

四

秋园去村里一户人家吃喜酒,刚进屋就看到小泉和一伙人坐在一张八仙桌前,人群中传来阵阵惊呼,不知正看着什么热闹。秋园轻轻走过去,看到人王正在八仙桌上表演。

八仙桌一米见方,桌面下方四边都有横梁,横梁与桌面有十七八公分的距离,中间有两根直梁把桌下的空间分成四格。人王就在这格子里钻进钻出,身轻如燕,赢得一片喝彩声。

秋园轻轻走到小泉旁边坐下。小泉太专注,没发现身边有人,倒是秋园把小泉看了个仔细。小泉的头发干枯萎黄,眼角的扇形皱纹又深又多,好似刻上去的,昔年的光洁明艳已经荡然无存。

秋园碰了碰小泉的手。"梁老师啊!"小泉转过身,一声惊呼,萎黄的脸上显出激动的红晕。她见了亲人一样,拉起秋园的手。两人离开人群,走到坪里。

秋园说:"叫人王出来吧,这么一个小身子,耍来耍去也蛮累的。我都看了一会儿,未必非要让别人开心好久不可。"

小泉说:"好,我去把她叫出来。只有你梁老师才会讲这种话。我带人王不管走到哪里,人家就是要她钻桌子、翻跟头。"

人王被小泉牵到身边,秋园摸了摸她的头。仍是那么稀稀疏疏几根头发,身子长大了些,黄而细腻的皮肤有了些许光泽,两个酒杯大的小奶子撑起薄薄的红色小褂子,下身着蓝裤子,脚上是双绣花鞋。干干净净的,看得出是经小泉精心打扮了的。

小泉小声说:"人王做大人了,和我们一样,一月一次,一点点。"

秋园说:"小泉,把这孩子带大不容易啊!你居然把她带大了,你是个好妈妈。我觉得你瘦了些,日子过得还好吗？两个媳妇对你好不好？"

"梁老师，我瘦了蛮多啊，你想不到我有多累。两个媳妇都不喜欢人王，嫌丢了她们的脸。我虽是做婆婆的，可因为人王，在她们面前也做不起人。原本给人做衣能赚几个钱，现在她们两个一出工，细伢子全丢给我，还觉得我没带好。细伢子一哭，她们就非要问出个子丑寅卯来。梁老师，你说细伢子哪里能不哭一下？帮她们带了，不但冇有功劳，连苦劳都冇有，气都气瘦了。"

"要不分开来，你带着人王和国臣过。"

"家是早就分了，但等于没有分。她们要赚工分，我能不带孩子吗？我不是不愿带孩子，就是不想看她们的脸色。两个崽对我都好，两个媳妇就整天担心我替哪个做多了，替自己做少了，吃了亏。别人说媳妇难当，我做媳妇倒冇受一点气，想不到当了婆婆却要受气。梁老师，你不知媳妇看人王的那种眼神，才叫人难受啊！"

"想开些，凡事别往心里去。人王有你和国臣疼就够了。不是她们身上掉下来的肉，自然就不喜欢。"

"梁老师，今天碰到你也是我的运气，把心里话都讲出来了。你又这样开导我，我心里舒服多了。邻里之间是不能讲媳妇的事情的,怕惹是生非。整天放在心里想呀想,越想越气。"

"小泉,你比我强,你还年轻,经得起折腾。年轻就是本钱,放宽心过日子。身体好,就尽量多帮她们做事,一家人也分不出个彼此。实在做不得也有办法,总不会把你吃掉吧。"

"梁老师,经你这一讲,我也想通了,不气了。能做时尽量做,真是不能做就不做了。不怕,还能把我吃了不成!"

说罢,两个人都笑了起来。就这样絮絮叨叨讲到上桌吃饭为止。

一晃,距那次吃酒已经过去了两年多,秋园再没遇到小泉。

一日,小泉忽然到家里来了。秋园仔细打量她,一种不祥的预感涌上心头。小泉比上次见面又差多了:缩着身子,面容愈加萎黄,嘴角两旁的肌肉无力地松垂着。

秋园说:"没带人王来?"

"梁老师,我就是特为来告诉你,人王走在我前面了。"小泉说着,嘴一瘪就哭了起来。

秋园递上豆子芝麻茶,说:"小泉,不伤心不伤心,赶快喝口热茶,暖暖身子。"

小泉抽泣着接过茶,啜了一口,捧着茶杯就发起呆来。两人沉默了一会儿。

人王是双抢[1]时掉进水缸里淹死的。

当时,媳妇和崽,还有国臣都要到田里去,打禾的打禾,栽禾的栽禾。小泉在家要煮几口人的茶饭,还要洗衣、喂猪、晒谷、带细伢子……忙得像个陀螺满地转。人王整天拿根比自己还长的棍子,站在坪里赶鸡,防鸡偷谷吃。这边赶走了,另一边又来了,连吃饭时都要守在一旁看着。有只大公鸡欺负人王个头矮小,谷也不吃了,要啄人王碗里的饭吃。人王就手忙脚乱地跟大公鸡抢饭吃。这场面小泉见过一次,心酸得不行,把那公鸡追打出好远。

那天,太阳实在是毒,地都晒得要冒烟。小泉到另一个晒谷坪翻谷去了。人王大概口渴了,桌上的冷茶她够不到,就去水缸里舀冷水喝。偏偏那天没挑水,只剩下小半

---

1. 双抢,抢收和抢种水稻。

缸水，人王舀不到，就踮起脚使劲去舀，结果一头栽到缸里去了。

小泉翻谷回来，看到一群鸡在悠闲地吃谷，人王不知到哪里去了。小泉边喊边寻，后来才在缸里找到她。人已经没气了。

小泉讲完，哭得上气不接下气。

秋园说："小泉，快不要哭了，你自己都瘦得不像样了，人死不能复生，还是活人要紧。这几十年，人王跟着你，有享到太多福，总也有受太多罪。不是你那么耐烦，人王根本活不成人。如果你死在她前头，她才叫可怜呢，连个替她赶公鸡的人都有得。小泉，你不要觉得不中听啊，人王走了也好，早点去投胎，下辈子做个正常人，成家立业，那有多好。"

小泉说："梁老师，你讲的道理我懂。其实人王这副模样活在世上蛮作孽。就是这么些年带亲了，舍不得。我经常想起她那个可怜的小身子，想想心里就痛，就要哭。"

秋园说："小泉，生死有命，只好少想点，让人王安心去投胎。"

秋园劝慰地摩挲着小泉的手。那手掌粗糙，满是深深的纹路，里面全是做活留下来的色素，永远洗不掉，是一种洁净的丑陋。

五

秋园七十多岁时依然步伐矫健，喜欢自己出门买个东西或办点事情。黄土路一到雨天便湿漉漉、黏答答的，一踩一脚泥。可秋园喜欢去塘里洗东西。凡是自己能做的事，决不等孩子们回来，这是她的信条。

子恒和赔三陪着秋园一起住在赐福山老屋。兄弟俩一大早出门，去各自学校教书，下午五点多才能到家。他们总是跨进大门就喊："妈妈！妈妈！"要是秋园答应得慢了点，弟兄俩便会惊慌失措，到处寻找。秋园看到兄弟俩回来了，自是高兴异常，麻利地泡上豆子芝麻茶，送到儿子手中。

赔三结婚后，每周五回自己家里住一晚，周六上午赶回老屋，换子恒回自己家。周日晚上，兄弟俩又齐聚老屋，周一早上各奔学校。

尽管兄弟俩如此辛苦地来回,秋园仍要一整天一整天地守着山林深处这一栋屋子。如果没人在屋前田头做事,老屋里就静得只剩下风。

子恒和赔三在学校里也提心吊胆,担心秋园独自在老屋有什么意外,比如洗衣服掉进塘里之类。

子恒曾经提出一起住在学校里,可秋园不同意,她不愿自己什么事都不做,要儿子养着。她找队上要了两丘田,请人种着,让兄弟俩出点工钱,每年能打十来担谷,根本不用买粮食。蔬菜也自给,偶尔买些荤腥。秋园觉得这样挺好,没给兄弟俩添负担。

五十六岁那年,子恒决定提早退休,来老屋陪伴秋园。

子恒退休在家,除了和秋园做伴,也砍柴、种菜、写字、看书。老屋后面是个山坡,长满了灌木和低矮的松树。子恒想在山上栽几棵竹子,以后编个篮子、簸箕之类,就不用向人买了。再栽上一两棵枫树,枫叶红的时候很好看,能让老屋活跃些,免得僧气十足。

子恒问人要了棵根部很大的竹子,把竹梢砍掉,用稻草包上砍掉处，栽在屋后山上。又栽了两棵小枫树。第二年，山上长出三棵好大的笋子，然后变成三棵大竹子。几年后，老屋成了青山立其侧，竹林立其后。枫树也有一人多高，巴掌大的叶子，秋天便红艳艳一片，在阳光下闪着光辉。

老房子依山而建，不断有竹叶和枫叶飘落在屋顶上。站在山顶望去，黑瓦上铺陈着红的枫叶、绿的竹叶，着实好看。可这些叶子盖住了屋上的瓦，妨碍了水流的畅通，一遇刮风下雨，屋里就到处漏水。一年总要请好几回泥工上屋顶扫树叶和捡漏[1]，成了空前的大麻烦。

一日，子恒扫地。弯腰扫到秋园床底时，竟然发现那儿生出两棵竹笋，一般大小、高矮，似双胞胎样长在床底下。子恒觉得好笑，忙叫秋园来看。"这竹子生命力真强，从山上地底下钻进房里，花了多少力气。要是它们知道自己会成为盘中餐，绝不会贸然行事。"说完，子恒将床铺搬开，挖出笋子，笋块雪白、脆嫩。

那年之骅回家，吃到了没见过阳光的笋子，但没能喝

---

1. 捡漏，清除烂瓦，补上新瓦。

上鸡汤。秋园养的十三只鸡又被偷了,仍是挖墙脚进来。

六

八十九岁那年,秋园平地跌了一跤,胯骨跌断了,只能仰面朝天躺着。

她疼啊、疼啊、疼啊……没有了肉,只有骨头,那一把疼痛的碎骨。骨头抵着床垫很不好受,她不停地让人给她换姿势。每搬动一下,她便疼得像一只吱吱叫的小鼠——被捕鼠夹和疼痛夹住的、皱缩绝望的小鼠。

子恒和赔三抬着她去了医院,想接好她的骨头。可是接了又断。他们又冒险把她搬上车,送到省里最好的骨科医院。那儿的医生只肯开药,不肯接骨,担心在骨头接上那一瞬间,她会疼得晕死过去,再也醒不过来。

之骅赶回老屋,每天精心照料秋园:抚摸她的身体以减轻痛楚;小心翼翼挪动她的身体,以免生褥疮;实在疼得厉害就喂服安眠药,让她昏昏睡去。后来,秋园神志不那么清醒了,对之骅说:"你是谁啊?何里对我这么好?"

那个酷热的夏天,秋园不安地死去了。

先是喉头涌上一阵痰,急剧地喘咳,然后奄奄一息地平缓下去。最后一刻,她突然睁大眼睛,看了她的孩子们一眼——长大了的孩子们正立于床头,守候着她的死亡。

这就是她在这个世界上的最后一眼。就这样,秋园带着她的碎骨、她骨头里的疼痛、她的最后一眼,去了另一个世界。

整理遗物的时候,之骅在秋园的棉袄口袋里发现了一张纸条,上面写着:

一九三二年,从洛阳到南京。

一九三七年,从汉口到湘阴。

一九六〇年,从湖南到湖北。

一九八〇年,从湖北回湖南。

一生尝尽酸甜苦辣,终落得如此下场。

代后记　　解命运的谜

章红

第一次去赐福山——那个被我妈妈称为"庵子里"的地方，我只有七岁。妈妈带着姐姐、我和弟弟坐在运送毛竹的卡车车厢里，绿色油布搭成车篷，看不到天空，但车厢尾部是敞开的，顺着戳出去的毛竹，可以看见道路和两边的青山疾速朝后退去，无止无休。

路上的弯道相当多，一会儿一个急弯，我们被甩来甩去，在毛竹上东倒西歪，爆发出一阵阵惊呼与笑声。我们乐此不疲地数着究竟有多少个弯道，困了就在毛竹上睡一会儿，就这样被免费运到了湖南。

能够不花钱，这比什么都重要。该怎么描述我们那时的穷困呢？一天晚上，妈妈决定带我们去看电影，可是左算右算,怎么着都差两角钱。妈妈发动我们爬进床底下,搬开衣柜、碗柜,搜寻枕头下面、抽屉角落各处,期望会有不经意落下的两角钱。噢,没有,没有。最后,妈妈向邻居借了两角钱,我们高高兴兴去看了电影。

回想起来,妈妈那时大概三十多岁。高考制度还没有恢复,她已经一遍遍同我们说起:"等你们长大了,要读大学。"在那个小县城,连老师都不大知道大学这回事呢。

这本书是我妈妈写的,她就是文中的之骅。写好后我帮她录入电脑,起初在天涯社区连载,算起来那竟然是十几年前的事情了。如她自序中所言,这是一部在厨房里完成的书稿。说来奇怪,我每次写点什么都非常困难,好像无时不在写作瓶颈中。但妈妈写起东西来就像拧开自来水龙头,随开随有,文字顺畅地从笔端流出。我想,那是艰辛生活给予她的馈赠。

书中的秋园是我外婆。外婆讲话柔软、缓慢,清爽文雅的外形也区别于大多数乡下婆婆。她早已认湖南是故乡,认庵子里是终老之地,可是到老她仍像一棵异地移栽的植物,带着水土不服的痕迹。

现在还留存在我脑海里的画面，是外婆穿着浅灰色立领偏襟棉布褂子，一手举起蒲扇放在额前略挡太阳，那双裹了又放开的脚咚咚咚走在乡村土路上，带着我们去走人家。每到一户人家，我们就饮上一杯豆子芝麻茶，豆子芝麻炒过后喷香，茶里还会加一点点盐。

最后一次见到外婆，我三十多岁，已是一个女孩的母亲。外婆已八十八岁高龄，她依然清瘦文雅、头脑清晰，但活力明显减退，话变得很少，安安静静的。

庵子里就跟小说中描写的一样，并排三间平房，门前有个大晒坪，右侧是个小橘园，左侧挺立着一株高大的香樟树。

一行人离去时，外婆送我们到晒坪。那是五月，门口两棵树正繁花满枝，花朵粉白，花瓣繁复。

"好漂亮啊，这是什么花？"

"这是芙蓉。"一直安安静静的外婆显然很高兴回答我这个问题，她牵过我的手，指着不远处的山崖，语气中满满的遗憾，"如果你们早来半个月就好了，四月那崖上都是杜鹃花，好看得很。"

八十八岁，她依然为我没看到山崖上的杜鹃感到惋惜。

"外公那个斯文劲啊、那个爱干净啊,我们出门,他都要拿把衣刷子追出来,从上到下把你刷个遍……"这是妈妈反复跟我们讲的细节。每当她讲起外公,我就觉得她变了——从一个操劳的、疲倦的妈妈变成了一个满怀崇拜与依恋的小女孩。

关于从未谋面的外公,我知道他爱干净,性情柔和,走路都怕踩死蚂蚁,一生没有做过恶事,写一手好字,不擅农事,是个书呆子,心地尤其良善……我没能见到他,因为他一九六〇年就死于饥饿,去世前后全身肿得亮晶晶的,肚子大得裤子都系不上,用书里的话说就是,像个"阔佬"。

然而,关于外公的印象毕竟是轻浅的,隔着死亡这一距离,我们安全地听着他的故事,多少像对待一个局外人。

后来,年近古稀的妈妈开始动笔写她的自传体小说。阅读小说时,我一次又一次地被拉进一个家庭残缺不全的历史中,那是一个普通中国人家在时代大浪中载沉载浮、挣扎求生的过程。我惊讶地发现,这个家是靠一位裹过脚的母亲和她不幸而早慧的女儿撑持起来的。

贫穷、饥饿、歧视、无望每天都在侵蚀着这个家庭，乡村在此时显现出残忍与恶意。之骅意识到这种生活的绝望，选择逃离乡村。依靠动物觅食般的本能，她来到一个偏远的小城，求学、落户、嫁人，开始建立自己的生活。但生活的基调并未改变，她穷尽半生所追求的，依然仅仅是能够活下去。

外婆去世时，我去湖南参加了葬礼，陪伴妈妈把外婆生前喜爱的衣服一件一件放入棺木。在一件衣服的口袋里，我们发现了一张纸条，上面写着一些年份和地点——外婆记下的最简略的生平，最后两行是：

一生尝尽酸甜苦辣，终落得如此下场。

她用这两句来形容自己的一生。我想起福克纳的小说《我弥留之际》里，艾迪的父亲常说的一句话："活着的理由，就是为了过那种不死不活的漫长日子做准备。"

我见过非洲大草原上的牛羚横渡马拉河的情景。对牛羚来说，它们的命运就是渡过马拉河，河水会让它们一再跌倒，只要意志力稍微退却，可能连求生的意念都会放弃。

外婆、妈妈这些被放逐到社会底层的人们,在命运面前显得如此渺小无力,仿佛随时会被揉碎。然而,人比自己想象的更加柔韧,她们永远不会被彻底毁掉。当之骅——我的妈妈——在晚年拿起笔回首自己的一生,真正的救赎方才开始。

图书在版编目(CIP)数据

秋园 / 杨本芬著. -- 北京:北京联合出版公司,2020.6(2024.12重印)

ISBN 978-7-5596-4066-6

Ⅰ.①秋… Ⅱ.①杨… Ⅲ.①长篇小说-中国-当代 Ⅳ.①I247.5

中国版本图书馆CIP数据核字(2020)第037086号

秋　园

作　　者：杨本芬
出 品 人：赵红仕
策　　划：乐府文化
特约策划：虫　虫
责任编辑：李　伟
特约编辑：信宁宁
装帧设计：唐　旭

北京联合出版公司出版
(北京市西城区德外大街83号楼9层　100088)
北京联合天畅文化传播公司发行
北京美图印务有限公司印刷
110千字　787毫米×1092毫米　1/32　印张8.75
2020年6月第1版　2024年12月第37次印刷
ISBN 978-7-5596-4066-6
定价：38.00元

版权所有，侵权必究。
未经书面许可，不得以任何方式转载、复制、翻印本书部分或全部内容。
本书若有质量问题，请与本公司图书销售中心联系调换。电话：010-64258472-800